Kurzgeschichten

Komische, kuriose, kriminelle, nachdenkliche und überirdische Kurzgeschichten

- unfrisiert und unlektoriert -

verfasst und aufgeschrieben von:

Manfred Friedrich Kolb

IMPRESSUM

Manfred Friedrich Kolb
Alter Holzhafen 11
23966 Wismar
Internet: www.kolb-poesie.de
Die Homepage enthält auch das gesamte Werkverzeichnis.
Email: mfkolb@gmx.de

Grafik: Dirk-Uwe Becker, Künstler und Schriftsteller (Linden)
Gestaltung: Petra Block, Freie Schriftstellerin (Wismar)
1 Auflage 2018
Alle Urheberrechte beim Verfasser
Nachdruck - auch auszugsweise - nur mit Genehmigung des Verfassers

Bibliografische Information der Deutschen Nationalbibliothek:
Die Deutsche Nationalbibliothek verzeichnet diese Publikation in der Deutschen
Nationalbibliografie; detaillierte bibliografische Daten sind im Internet über
http://dnb.dnb.de abrufbar.

© 2018
Manfred Friedrich Kolb

Herstellung und Verlag:
BoD – Books on Demand, Norderstedt

1.-Auflage 2018
ISBN: 9783752866667

Anmerkungen zu den Kurzgeschichten

Von meiner literarischen Veranlagung her bin ich Lyriker. Davon zeugen meine bisher veröffentlichten 6 Lyrik-Bände und Anthologien, und der diesem Band beigefügte Gedichtzyklus.

Daneben bin ich ein leidenschaftlicher Verfasser von Limericks. 14.300 sind, zusammen mit meinem literarischen Freund Reinhard Mermi aus Iffeldorf (Bayern), bisher entstanden.

Zum Schreiben von Kurzgeschichten bin ich erst vor ca. 8 Jahren in Potsdam gekommen. Durch Anregungen aus dem Mitgliederzirkel des Literaturkollegiums Brandenburg, dem Europa-Literaturkreis Kapfenberg (Österreich), dem Freien Deutschen Autorenverband Berlin und Hamburg/Schleswig-Holstein, in Schreibworkshops und den, zum Geschichten schreiben verleitenden, Roman „Die Goldene Rose" von Konstantin Paustowski.

In diesem „Schlüsselroman" wird der Leser mittels einer sprachgewaltigen, anschaulichen, farbigen und bilderreichen Schilderung von Reisen und Schreibversuchen des Helden auf das Verfassen von Geschichten über Erlebnisse, Berichte persönlicher und medialer Art, Prosa und Geschehnisse hingeführt und dazu animiert, sich im Schreiben zu versuchen. Besonderen Wert legt der Romancier dabei auf die Entwicklung und Verfolgung von Handlungen, mit den sie ausmachenden Handlungssträngen, in einem der Thematik angemessen Schreibstil, in hoher Sprachkultur.

Meinen Kurzgeschichten liegen eigene Erlebnisse zugrunde, aber auch Berichte, Geschehnisse und das Spiel der Fantasie. Sie enden meistens mit einer überraschenden Pointe.

Die Kurzgeschichten, die aus einem Konvolut von 160 ausgewählt wurden, sind, um der Authentizität willen, nicht fremdlektoriert, sondern in ihrer ursprünglichen Fassung, mit nur wenigen sprachlichen und bildlichen Glättungen in diesen Band eingestellt worden.

Begleitet und animiert haben mich zu dieser Veröffentlichung die zeitgenössischen Schriftsteller Dirk-Uwe Becker (Heide/Holstein), Reinhard Mermi und Petra Block (Wismar) sowie Hans-Jürgens Sträter

Inhaltsverzeichnis Kurzgeschichten

Der Atlantikflug

Ich hatte den Airbus 300=600 auf die Zielflughöhe von 32.000 Fuß = 10.000 Meter über dem Meeresspiegel gebracht, die Maschine aus dem Steigflug in die Waagerechte gedrückt (langsam, damit den Passagieren nicht der Magen nach oben hüpfte), den Autopiloten eingeschaltet und mich im Cockpit zurückgelehnt.
Die dichte Wolkendecke, die wir durchstießen, lag bald wie ein Watteteppich unter uns und ein azurblauer Himmel, der in seiner obersten Wölbung in Schwärze überging, spannte sich bis zu Horizont.

Es versprach ein ruhiger Flug zu werden, denn der Flugwetterbericht hatte für unseren Zielflughafen Reykjavik wolkenlosen Himmel gemeldet, was für die Insel Island im atlantischen Ozean eigentlich eine Ausnahme war, denn dort herrschte meist schlechtes Wetter mit tief hängenden Wolken.
Der sonst wetterbedingt schwierige Anflug müsste heute eigentlich mit einer Routinelandung abzuschließen sein.

Die 4-motorige Maschine war voll besetzt und von mir wegen des Gewichtes entsprechend getrimmt worden, was sich im Landeanflug wohltuend bemerkbar machen würde.
Alle Voraussetzungen für eine glatte, sanfte Landung waren damit vorprogrammiert.
Die Maschine glitt schwerelos dahin. Ich genoss diese stillen Momente, die von dem leisen Surren der Triebwerke untermalt wurden.

Plötzlich tauchte im Display vor mir ein rotes Warnsignal auf. Etwas stimmte mit dem Düsentriebwerk links außen nicht. Ich schaltete es sicherheitshalber ab und startete den Selbstdiagnosevorgang, bei dem die Werte des Triebwerks elektronisch ausgelesen und dem Computer des Bordingenieurs gemeldet wurden. Daran schloss sich je nach Art und Grad der Störung eine automatische oder manuelle Fehlerbehebung an. Der Bordingenieur würde sich zusammen mit dem Co-Piloten darum kümmern.

Auf jeden Fall bedeutete das jede Menge Schreibarbeit, denn alle Fehler und Mängel mussten mit allen durchgeführten Maßnahmen akribisch notiert werden. Das bordeigene computergesteuerte Programm des Flugschreibers reichte den Verantwortlichen der Fluglinie nicht aus.

Kurz darauf meldete auch das Triebwerk links innen eine Systemstörung.
Ich schaltete auch dieses ab und trimmte die Maschine neu aus. Dieser technische Zwischenfall beunruhigte mich nicht sonderlich, denn der Airbus war in der Lage, mit entsprechenden Korrekturen von Trimmung und Geschwindigkeit seinen Flug auch mit 2 Triebwerken fortzusetzen.

Der Co-Pilot hatte zusammen mit dem Bordingenieur die Fehlersuche und -behebung gestartet und dabei das Cockpit verlassen.
Ich war allein und fragte über Funk bei der Flugkoordinierungsstelle vorsorglich an, wie viel Meilen es wohl noch bis zum Flughafen von Reykjavik wären.
Nach Durchgabe meiner Flugposition erhielt ich als Antwort: 350 Flugmeilen = 560 km bis zum Zielflughafen. Bei verminderter Geschwindigkeit müsste Island in etwas mehr als 1 Stunde zu erreichen sein, schloss ich meine Berechnungen ab.
In die mich beruhigenden Überlegungen drängte sich die neue Meldung, dass nun auch die Düsen des äußeren und das inneren Triebwerks rechts auszufallen drohten.
Ich erschrak. Diese Situation war für mich neu. Aber ich wusste vom Handbuch für Notfälle her, was dann zu tun war.
Ich checkte die derzeitige Flughöhe, berechnete mit dem Bordcomputer die Sinkgeschwindigkeit bei Totalausfall aller Triebwerke und die Entfernung, die das voll beladene Flugzeug im Extremfall im kontrollierten Sinkflug in der Luft noch zurückzulegen imstande sei.

Aber soweit musste es ja nicht kommen. Der Bordingenieur bestätigte mir nochmals, dass nunmehr alle Motoren ausgefallen seien.

Eigentlich konnte das gar nicht sein, denn der Hersteller Rolls Royce war für seine hohen Qualitätsstandards bekannt und zu solchen Serienausfällen wie bei unserem Airbus war es meines Wissens bisher nicht gekommen.

Ich probierte einen Restart bei der zuerst ausgefallenen Düse und danach schrittweise bei alle anderen. Vergeblich. Die Triebwerke blieben tot.

Zwischenzeitlich hatte ich die Trimmung des Flugzeugs auf Gleit-Sinkflug korrigiert und die Passagiere informiert:

"Sehr geehrte Damen und Herren, liebe Fluggäste des Airbus 300=600 von Hamburg nach Reykjavik: wir haben eine Störung in den Triebwerken, die nur vorüber gehender Natur ist. Wir arbeiten mit Hochdruck an einem Restart. Inzwischen ist die Maschine - wie Sie vielleicht schon bemerkt haben - in einen kontrollierten Gleit-Sinkflug übergegangen, der aber nur so lange beibehalten wird, bis die Triebwerke wieder anspringen.

Sie sollten sich anschnallen, sicherheitshalber die Schwimmwesten unter den Sitzen hervorholen und sich aus reiner Vorsicht umlegen, wobei Ihnen die Stewardessen behilflich sind. Zu Beginn des Fluges wurde Ihnen das Anlegen ja schon einmal demonstriert.

Es besteht aber kein Grund zur Panik, weil es sich nur um eine von der Flugsicherheit vorgeschriebene Sicherheitsmaßnahme handelt."

Trotz aller von mir unternommenen Versuche blieben die Triebwerke weiter stumm. Die eingetroffenen Fehlerdiagnosen ergaben kein klares Ergebnis. Sie waren von Motor zu Motor zwar geringfügig unterschiedlich, ergaben aber keinen eindeutigen Hinweis auf eine konstruktive Handlungsanweisung.

Währenddessen sank die Maschine weiter stetig abwärts.

Die Stewardessen hatten die Passagiere gebeten, rein vorsorglich zur Sicherheit den Kopf zwischen die Beine zu nehmen, falls das Flugzeug auf dem Wasser wie ein Wasserflugzeug im Gleitflug aufsetzen würde. Denn dabei könnte es etwas holprig zugehen. Aber die See sei glatt und von daher eine Landung auf dem Wasser völlig unproblematisch.

Eine Wasserlandung gehöre selbstverständlich zum Ausbildungsprogramm.

Auch ich wandte mich noch einmal per Bordsprechfunk an die Passagiere:

"Sie haben auf jeden Fall nach der sanften Landung auf dem Wasser genügend Zeit, die Maschine ohne Hektik zu verlassen. An den Ausgängen werden sich automatisch bequeme Rutschen ausklappen, damit sie die Maschine in aller Ruhe verlassen können. Schiffe sind rein vorsichtshalber herbei beordert worden. Da der Airbus so konzipiert ist, dass er Landungen auf dem Wasser schadlos überstehen kann, besteht keine unmittelbare Gefahr für Leib oder Leben, wenn Sie Ruhe bewahren und den Anweisungen des Bordpersonals Folge leisten. Eine Wasserung gehört nun mal zum Ausbildungsprogramm der Piloten und Besatzungen. Aber außer vielleicht nassen Füßen ist nichts zu befürchten."

Da die Geschwindigkeit im Gleit-Sinkflug kontinuierlich abnahm, rauschte der Airbus immer schneller abwärts. Schon konnte ich die Dünung des Ozeans erkennen. Kein Land in Sicht. Es würde wie befürchtet also eine Landung auf dem Wasser geben.

Ich spürte, wie sich die Verantwortung für das Wohl der Fluggäste wie ein bleierner Gürtel um mich legte.

Warum ließen sich die Düsentriebwerke nicht mehr starten? Was war der Grund für deren plötzlichen Total-Ausfall? Und warum ließen sich alle 4 Motoren nicht mehr starten, obwohl die Fehlerdiagnose kein klares Bild zeigte? Warum blieben nicht wenigstens zwei intakt?

Vielleicht würde der Flugschreiber ja Auskunft darüber geben, wenn er denn vielleicht auf dem Meeresgrund gefunden würde.

Ich verscheuchte die Gedanken und konzentrierte mich auf die Landung auf der Wasseroberfläche. Bugrad und Fahrwerk hatte ich eingezogen, Seiten- und Höhenruder mittig gestellt, die Landeklappen ausgefahren, die Maschine auf Bauchlandung getrimmt, den Bug des Airbus mit dem Steuerknüppel etwas hoch gezogen, denn das Flugzeug sollte mit dem Heck zuerst aufsetzen, mit einem parallelen Wasserkontakt der beiden Tragflächen und dann langsam wie in

8

Zeitlupe nach vorne in die Waagerechte kippen, um einen Überschlag zu vermeiden.

Noch ein paar Meter, dann würde es die erste Berührung der Maschine mit der Wasseroberfläche geben. Hoffentlich ging alles wie voraus berechnet gut. ich starrte durch das Bugfenster des Cockpits und wartete bis aufs äußerste angespannt auf den Aufprall.

Eine Stimme unterbrach meine Konzentration auf die Wasserlandung.
" So das genügt. Ihre heutige Trainingsstunde am Flugsimulator ist zu Ende.
Das nächste Mal kontrollieren Sie bitte vor dem Start, ob Sie genügend Treibstoff für den Atlantikflug an Bord haben."

Epilog

Meinen Pilotenschein habe ich doch noch gemacht – für Sportflugzeuge!

Begegnung mit einem Delphin

Meine Frau und ich hatten eine Kreuzfahrt auf der AIDA COMTESSE von Bremerhaven nach New York gebucht.

Wir waren an einem sonnigen Nachmittag um 16.00 Uhr in See gestochen und genossen nach Durchquerung des Ärmelkanals, entlang der Kreideküste Süd-Englands, im Atlantik die erholsame Seefahrt bei herrlichem Sonnenschein, frühsommerlichen Temperaturen und sternenklaren Nachthimmeln.

Nach Passieren der Inselgruppe der Azoren nahm das Kreuzfahrtschiff die Nordroute südlich an Island vorbei direkt nach New York.

Es war der vierte Tag, als meine Frau so gegen Mitternacht die Kabine aufsuchte, um sich zur Nachtruhe zu begeben.

Ich wollte noch einmal den Sternenhimmel und die Lichtspiele der in allen Regenbogenfarben schimmernden Kaskaden des Nordlichts, ein in nördlichen Breiten häufiges Himmelsschauspiel, betrachten.

Später tauchte auch der Mond über dem Horizont auf, sein fahles Silber auf der schwachen Dünung des Meeres ausgießend. Die bekannten Sternbilder leuchteten in ihrer Pracht am schwarzen Firmament. Es war eine Atem beraubende Szenerie, die sich mir darbot.

Plötzlich nahm ich einen hellen Lichtfleck auf der Wasseroberfläche tief unter meinem Standort an der Reling wahr, der im Wasser auf und ab dümpelte. Das weckte meine Neugier. Was konnte das sein? Ein Taucher, der mit einer Lampe neben dem Schiff her schwamm? Das konnte bei der Geschwindigkeit des Kreuzfahrers eigentlich nicht sein. Ein bengalisches Feuer? Das war auszuschließen, denn das wäre längst verlöscht.

Ich beugte mich weiter nach vorn, um das inzwischen an der Bordwand angelangte Licht zu identifizieren.

Plötzlich holte das Schiff leicht nach Backbord über. Ich kippte nach vorn, versuchte verzweifelt, die Vorwärtsbewegung meines Körpers aufzufangen und Halt an der Reling zu finden - vergeblich. Ich fiel erst langsam, dann immer schneller werdend nach unten, vorbei an den hell erleuchteten Bullaugen. Dann gab es einen Klatscher und ich tauchte in das Meereswasser ein. Nach einiger Zeit, die mir wie eine Ewigkeit vorkam, tauchte ich wieder auf, heftig nach Luft schnappend.

Das Schiff hatte sich schon von mir entfernt, und die hell erleuchtete Heckpartie entschwand immer mehr. Schreien war sinnlos, das wusste ich. Der Lärm der Schiffsmotoren und Schrauben übertönten alle anderen Geräusche wie z.B. Hilferufe.

Mit den Füßen tretend hielt ich mich über Wasser und war erstaunt, wie warm es war und dass ich so viel Auftrieb hatte. Da fiel mir ein, dass ich vor dem Verlassen der Kabine noch schnell meine wasserdichte gesteppte Weste übergezogen hatte, denn mit fortschreitendem Abend konnte es im Seewind doch etwas kühl werden.

Mit sanftem Wassertreten zwang ich mich zu nüchternen Feststellungen meiner Lage.

Diese Weste, deren Luftpolster mir Auftrieb gaben, war zunächst einmal meine Rettung vor dem Ertrinken. Und die relativ warme See sollte mich wohl vor rascher Auskühlung bewahren. Und Haie waren in dieser Gegend nicht zu befürchten.

Von daher drohte mir also keine unmittelbare Gefahr.

Doch bemerkbar machen konnte ich mich nicht. Denn die Rettungsweste mit Leuchtring und automatisch abstrahlenden Licht- und Funksignalen, die man an Bord der AIDA COMTESSE hätte wahrnehmen oder auffangen können, befand sich in unserer Kabine.

Meine wasserdichte Uhr mit Leuchtdioden zeigte drei Uhr früh an.

In einer Stunde würde die Morgendämmerung anbrechen. Da ich mich auf einer viel befahrenen Schifffahrtsroute befand, müsste man mich mit etwas Glück von einem vorbei fahrenden Schiff aus entdecken können, wenn ich mich heftig winkend bemerkbar machte.

Meine Frau würde mein Fehlen längst bemerkt und die Schiffsleitung alarmiert haben. Aber man suchte zuerst das Schiff nach mir ab und startete Lautsprecherdurchsagen, bevor man eigene Rettungsaktionen in Gang setzte oder solche veranlasste. Dass ein Passagier bei ruhigem

Wetter und sanfter Dünung über Bord gefallen sein könnte, daran dachte man an Bord erst zuletzt.

Das erste Schiff, das in der frühen Morgensonne an mir vorbei zog, war ein Containerfrachter. Ich winkte und schrie aus Leibeskräften, aber niemand bemerkte mich. Das Schiff entschwand schnell am Horizont. Dann tat sich nichts mehr. Die Sonne stieg immer weiter am Himmel empor und wärmte mich mit ihren Strahlen.

Am späten Vormittag spürte ich den ersten Krampf in meiner rechten Wade, dem noch mehrere in immer kürzeren Abständen folgen sollten. Die See war ruhig, die Luftpolster der Weste hielten meinen Hals und Kopf gut über Wasser. Das Wassertreten sollte meine Blutzirkulation in Gang halten und mich vor dem Auskühlen bewahren.

Irgendwann musste ich kurz eingenickt sein, denn ich wurde abrupt von einem kräftigen Stoß gegen meine Beine geweckt. Als ich mich von meinem Schrecken erholt hatte, bemerkte ich eine Wasserbewegung dicht vor mir.

Ein Kopf tauchte aus dem Wasser auf, dann die Rückseite eines lang gestreckten Fischkörpers. Es war ein Delphin, von deren Art ich in den vergangenen Tagen einige gesehen hatte, wie sie vor dem Bug des Kreuzfahrtschiffes dahin glitten, Luftsprünge vollführten, wieder ins Wasser eintauchten, um dann das Spiel von neuem zu beginnen. Ich hatte sehr schnell bemerkt, dass sie die Bugwelle als Antrieb nutzten, um so ohne eigene Anstrengungen weite Strecken zurück zulegen.

In der Bordzeitung war zu lesen gewesen, dass Delphine eine besondere Zuneigung zu Menschen entwickelten, ihre Nähe suchten, mit ihnen spielten, dabei lockende und zufriedene Laute ausstoßen. Es soll sogar Fälle gegeben haben, wo diese Meerestiere mit ihrem Kopf und Leib Menschen vor dem Ertrinken gerettet haben, indem sie ihren Körper unter den des Menschen schoben und über Wasser hielten, bis Rettung nahte oder sie mit ihrer Last seichte Gewässer erreichten.

Ich hatte den Stories, die sich vornehmlich in Australien und Neuseeland abgespielt hatten, keinen Glauben geschenkt, obwohl die Verfasser die Wahrheit der Erlebnisse beteuerten.

Der Delphin blickte mich eine Weile an. Dann gab er einen kurzen trillernden Pfeifton von sich, tauchte wieder weg und war verschwunden.

Plötzlich spürte ich wieder einen Stoß an meinen Beinen und zu meiner Überraschung fühlte ich mich unter den Füßen angehoben, ich bis zur Brust aus dem Wasser ragte. In Abständen stützte mich der Delphin von unten an, bis er selbst an der Meeresoberfläche nach Luft schnappte. Eine Weile ging das so, dann schwamm er mit einem Mal ganz dicht neben mir her. Ich packte seine Rückenflosse und zog mich ein wenig auf den Fischrücken hinauf. Das war eine große Erleichterung für mich. Mit sanften Schwüngen glitt der der Fisch dahin, offensichtlich darauf bedacht, seine Last, nämlich mich, nicht zu verlieren.

Ich war so verblüfft über dieses Erlebnis, dass ich keinen klaren Gedanken fassen konnte. *Was war denn das? Sollten die Geschichten über die wundersame Rettung von Schiffbrüchigen durch Delphine doch stimmen?*

Das Geräusch eines Helikopters riss mich aus meinen Gedanken.
Also war die von mir erhoffte Rettungsaktion angelaufen und man hatte mich auf dem Rücken des Delphins im Wasser treibend, entdeckt.
Ein Seil mit einem Gurt wurde zur Wasseroberfläche herab gelassen. Als ich ihn ergriff, um mich an Bord des über mir kreisenden Hubschraubers hieven zu lassen, tauchte das Meerestier unter mir weg und schwamm mit sanften Schwüngen langsam davon.
Ob mein Delphin wohl spürte, wie dankbar ich ihm für seine Hilfe war?

Epilog:
Sie glauben mir diese Geschichte nicht? Zugegeben: sie ist erfunden, aber sie hätte sich genauso abspielen können.

Einmal nicht über Krankheiten reden

Meine Frau und ich haben eine gute Freundin in Potsdam, mit der wir uns treffen, wenn wir dieser Stadt, die fünf Jahre unser Zuhause war, wieder einmal einen Besuch abstatten.

Wir verabreden uns dann mit ihr zu Spaziergängen durch die barocke Innenstadt, durch den Schlosspark Sanssouci oder den Neuen Garten. Manchmal unternehmen wir auch zusammen Schiffsausflüge nach Berlin oder durch die verzweigten Gewässer und Kanäle rund um Potsdam.

Eine kleine Schwäche hat unsere Freundin allerdings: sie redet zu gern über Krankheiten. Bei jeder passenden und unpassenden Gelegenheit spricht sie über die damit verbundenen Schmerzen, Arztbesuche, Behandlungen, Medikamente, Operationen, Krankenhausaufenthalte - kurzum über alles, was mit Krankheiten zu tun hat.

Bei einem unserer Besuche in Potsdam hatten sich meine Frau und ich vorgenommen, bei einem Ausflug mit unserer Freundin das Thema Krankheiten nicht anzuschneiden und alle Versuche, dieses in den Mittelpunkt unserer Gespräche zu rücken, abzublocken.

Als wir uns am Eingang des Schlossparks begrüßt und beschlossen hatten, eine Wanderung zum Drachencafé in der Nähe des Belvedere zu unternehmen, teilte sie uns sogleich mit, dass ihre Schmerzen im Knie es eigentlich nicht erlaubten, so weite Strecken zu gehen. Nur uns zu liebe käme sie mit.

Ich ignorierte ihre Bemerkung und schwärmte von den von einem Konditor-meister gefertigten vorzüglichen Torten und Kuchen, die uns dort erwarteten. Auch der Kaffee sei hervorragend, wie wir bei unserem gestrigen Besuch feststellen konnten.

„Kaffee vertrag ich leider nicht, unterbrach sie mich. Da bekomme ich Sodbrennen und dagegen brauche ich spezielle Medikamente."

Ich unterbrach sie: „Bin noch nicht fertig: und preiswert ist es auch"!

„Preiswert? Was meint ihr, was mein Arzt für eine Behandlung berechnet und was ich für das teure Medikament zuzahlen muss", warf sie ein.

„Mach dir keine Sorgen", versuchte ich sie zu beruhigen, „den Kaffee dort verträgst du bestimmt, da lege ich meine Hand ins Feuer!"

„Und starker Kaffee brennt wie Feuer in meinem Rachen und da muss ich dann gleich einmal eine Raptil-Tablette nehmen", fuhr sie unbeirrt fort.

Eine Weile war es ruhig, während wir langsam durch den Park gingen, um das Rondeel herum, in dessen Mitte die gewaltige Wasserfontäne aufstieg, um dann die Schlosstreppe hinaufzusteigen.

„Die Sonne lacht vom blauen Himmel und die Luft ist wunderbar mild. Da macht es doch Spaß, die Treppe zum Schloss hinaufzusteigen. Schau doch nur die schönen Rabatten mit ihre Blumen- und Blütenpracht, die uns mit ihren vielen Farben anstrahlt..."

„Da fällt mir ein", unterbrach sie mich, „dass ich noch einen Blumenstrauß für meine Schwester besorgen muss. Die ist nämlich gestern an der Galle operiert worden. ich will sie heute noch im St. Josefs-Krankenhaus besuchen."

„Schaut Euch doch die architektonisch großartig gestaltete Freitreppe zum Schloss an. Da hat sich der Architekt Friedrich des Großen, der Freiherr von Knobelsdorff doch etwas Majestätisches einfallen lassen. Und da gehen wir jetzt hinauf, wie es schon seit Jahrhunderten Menschen tun, die zum Schloss des Königs wollen", wandte ich mich an meine Begleiter.

„Wisst Ihr eigentlich", sagte unsere Freundin entschuldigend, „dass ich kurzatmig bin? Das kommt von meinem hohen Blutdruck, gegen den ich Tabletten verschrieben bekommen habe. Ihr müsst also oben bitte auf mich warten, ich kann nicht so schnell".

„Wir warten gern", sagte ich einlenkend.

„Wo du gerade warten sagst, die Wartezimmer sind heutzutage immer brechend voll, da muss man als Kassenpatient lange warten. Da wird man noch kränker als man schon ist. Und ansteckend ist es auch, wenn die Menschen schniefen und husten."

Als sie endlich oben angekommen war, sich zu uns gesellt und etwas verschnauft hatte, sah sie uns an und meinte: „rauf geht es ja noch, aber runter? Mein Rücken macht da nicht mehr mit. Wenn ich nicht täglich meine Voltaren-Tabletten nehme, kann ich nicht mal mehr aufstehen."

„Das tut uns sehr leid für Dich", gab ich meinem Mitgefühl Ausdruck, aber wir nehmen dann natürlich einen anderen Rückweg ohne Treppen."

Ich zeigte auf die Schlossfassade mit den Bacchanten: „Dieses Schloss wurde von 1200 Arbeitern in 2 1/2 Jahren erbaut: eine planerische und organisatorische Meisterleistung in damaliger Zeit ohne technische Hilfsmittel wie heute, nicht wahr?"

Unsere Freundin dachte kurz nach, dann sagte sie: „Weil Du gerade von Meisterleistung sprichst: mein Schwager ist Zahntechnikermeister, der hat mir neulich eine Krone gemacht. Ein meisterliches Stück, wie der Zahnarzt beim Einsetzen anmerkte. Nun habe ich endlich keine Zahnschmerzen an dieser Stelle mehr. Aber der Zahn daneben fängt jetzt auch an weh zu tun. Hoffentlich komme ich diesmal mit einer Spritze davon."

„Mir tut es weh", versuchte ich sie abzulenken, „wenn die Besucher so achtlos an all den Schönheiten vorbeigehen, die hier zu sehen sind."

„Man muss sie natürlich auch sehen KÖNNEN", äußerte unsere Freundin, „wenn man gute Augen und gegebenenfalls eine gute Brille hat. Aber ich habe beides nicht. Und meine Augen tränen und brennen unablässig, wahrscheinlich ist es eine Pollenallergie. Ein Mittel dagegen hat man noch nicht gefunden. Die mir verschriebenen Augentropfen helfen da nicht."

Ich legte meine Hand mitfühlend auf ihren Arm und startete einen letzten Versuch, sie endlich vom Thema Krankheiten abzubringen:

„Hörst Du die Vögel zwitschern, hörst du ihren lieblichen Gesang, der uns schon die ganze Zeit begleitet?"

Ich war mir sicher, sie mit diesem Satz von ihren Krankheiten abgebracht zuhaben.

Einen Moment schwieg sie tatsächlich, dann meinte sie: „A propos zwitschern. Ich weiß von meinem Ohrenarzt, dass ich ein Hörgerät brauche, wenn ich das Zwitschern wieder hören will. Ich habe nämlich ein Hörproblem mit einigen Frequenzen, wie er mir bei der Untersuchung sagte. Auch der Akustiker meint das."

Da gab ich auf.

Wie ich fast die Festveranstaltung versäumte

Mit der Einladung des Freien Deutschen Autorenverbandes (FDA) und meinem gepackten Trolley machte ich mich am 1. November aus Potsdam auf, um an der Festveranstaltung anlässlich des 10-jährigen Gründungsjubiläums des FDA Hamburg in der mir wohl vertrauten Hansestadt teilzunehmen.

Als der Regionalexpress aus der brandenburgischen Landeshauptstadt den gläsernen Hauptbahnhofspalast Berlins erreicht hatte, nahm ich den kürzesten Weg in das drei Stockwerke tiefer gelegene Tiefgeschoss, von wo aus die schnellen ICE`s in alle Richtungen Deutschlands abfahren.

Eine der üblichen dröhnenden Lautsprecheransagen ließ mich einen Moment innehalten: „Achtung, Achtung, der ICE nach Hamburg fährt heute ausnahmsweise nicht aus Gleis 8, sondern aus Gleis 10 ab."
Solche Fahrplanänderungen kamen immer wieder vor, und so änderte ich meine Gehrichtung hin zu Bahnsteig 10 zum wartenden ICE.

Meinen reservierten Sitzplatz, in dem im Fahrschein ausgewiesenen Waggon, fand ich zwar nicht, aber auch das war für die Organisation des Betriebes der Deutschen Bundesbahn nichts Ungewöhnliches. Ich suchte mir also einen der ausreichend vorhandenen freien Plätze in einem der Abteile und vertiefte mich sogleich in die Vorbereitung meines Lesebeitrages aus meinen Werken als Autor der literarischen Gattung Lyrik für die Festveranstaltung.

Der Zug setzte sich in Bewegung. Während das Weichbild Berlins an mir vorbeizog, wurde ich plötzlich aus meinen Gedanken gerissen. Eine Abteildurchsage bat einen hoffentlich an Bord befindlichen Herrn Kolb aus Potsdam in das Dienstabteil des Zuges zu kommen, der dort von Herrn Dr. Thomas erwartet würde.

Erstaunt ob dieses Aufrufes, der offensichtlich mir galt, suchte ich das genannte Abteil auf, wo mich neben dem Zugbegleiter ein älterer, gut gekleideter Mann erwartete, der mich schweigend von oben bis unten musterte.

„Mein Name ist Dr. Thomas vom Organisationskomitee des FDA", stellte er sich vor. Das verblüffte mich, denn ich hatte nicht damit gerechnet, dass die Festveranstaltung des FDA Hamburg von einem derartigen Gremium vorbereitet wurde.

Die Fortsetzung seiner Ansprache unterbrach meinen Gedankengang. „Sind Sie Herr Kolb?", fragte er mich. Als ich nickte, fuhr er fort: „Ich habe eine Bitte an Sie", setzte er seine Rede fort: „Könnten Sie Ihren Festvortrag über den Neubau des Potsdamer Stadtschlosses gleich im Anschluss an die Begrüßung durch die erste Vorsitzende Frau Dr. Muthe halten oder macht Ihnen das besondere Schwierigkeiten?"

Ich glaubte nicht richtig gehört zu haben und fragte nach: „Bitte, was für einen Vortrag soll ich halten?"
„Über den Neubau des Potsdamer Stadtschlosses", wiederholte der Angesprochene ein wenig irritiert. „Sie sind doch Herr Kolb aus Potsdam, oder nicht?" Als ich das bestätigte und etwas sagen wollte, kam er mir zuvor: „Das FDA, das „Forum Design und Architektur, hat Sie extra zu seiner Festveranstaltung nach Homburg eingeladen, um von Ihnen als renommierten Architekten etwas über die Planung, das Ausschreibungsverfahren und die architektonische Gestaltung des Wiederaufbaus des Potsdamer Stadtschlosses zu erfahren."

Nach einigen Augenblicken des Schweigens, in denen ich meine Fassung wieder zu gewinnen hoffte, brach es aus mir heraus: „Das muss ein Irrtum sein, ich bin auf dem Weg nach Hamburg zu einer Festveranstaltung des FDA, des Freien Deutschen Autorenverbandes, auf der ich einige meiner Werke der literarischen Gattung Lyrik vorzutragen gedenke."

"Dann sind Sie gar nicht der **Architekt** Kolb?", fragte mich der Leiter des Organisationskomitees Forum Design und Architektur.
„Nein, so leid es mich für Sie auch tut: der Architekt Kolb bin ich nicht, sondern der **Schriftsteller** Kolb",antwortete ich Dr. Thomas.

Herr Dr. Thomas hörte meiner Aussage mit weit aufgerissenen Augen zu und brachte kein Wort heraus.

Der Zugbegleiter, der das Gespräch bis dahin schweigend verfolgt hatte, mischte sich ein:
„Sie müssen sich in Berlin bei der Lautsprecheransage leider verhört haben, Herr Kolb, da war bestimmt nicht von HAmburg die Rede, sondern von HOmburg, was im Saarland liegt, wohin wir jetzt unterwegs sind. Oder es ist bei der Durchsage ein Fehler passiert, was natürlich nicht ganz auszuschließen ist. Da nur Sie sich auf meine Abteildurchsage bei mir im Dienstabteil gemeldet haben, sitzt der Architekt Kolb zum Leidwesen für Herrn Dr. Thomas im ICE nach HAmburg.
Das ist wirklich Pech für Herrn Dr. Thomas und für die beiden Herren Kolb, die in verkehrten Zügen sitzen."

Jemand rüttelte an meiner Schulter. „Hallo Manfred", hörte ich wie von ferne die vertraute Stimme meines Freundes: „Da hole ich Dich extra vom Bahnhof Hamburg-Altona ab, und Du verschläfst seelenruhig die Ankunft des ICE."

Ein Tag im Filmpark Babelsberg

Als meine Frau und ich noch in Potsdam wohnten, war es mein größter Wunsch, an meinem 72. Geburtstag einmal den Filmpark Babelsberg zu besichtigen. Also lösten wir am 8. September 2010 zwei Eintrittskarten und streiften durch das weitläufige Gelände der Filmstudios, über die Westernstadt mit dem Goldsucherbach, die Stunt-Show, das Unterwasserspektakel, die Kulissenhallen, Schmink- und Kostümstudios kamen wir zu den eigentlichen Filmstudios, wo wir uns, erschöpft von den ausführlichen Besichtigungen, zu einer kurzen Rast auf einer Bank niederließen.

Auf den zahlreichen Sitzgelegenheiten neben uns hatte nach und nach eine Gruppe von Jugendlichen Platz genommen, die sich lebhaft über die Sets und Filmshows unterhielten, die sie gerade miterlebt bzw. gesehen hatten.

Plötzlich wandte sich ihr Interesse uns zu. Ein Mädchen fragte uns, ob wir auch in einem Film mitwirkten. Als ich es fragte, wie es denn darauf käme, bekamen wir zur Antwort, dass sie mit bekommen hätten, dass bei gerade laufenden Filmaufnahmen Drehpause sei und Schauspieler wie auch Statisten in unsere Richtung ins Freie geströmt seien, um sich kurz zu erholen.

Ohne eine Entgegnung von uns abzuwarten, sagte einer der jungen Spunde in unsere Richtung: „Lass man, das sind doch nur ein paar alte Leute auf Besichtigungstour wie wir. Gruftis nimmt man doch für Filme nicht mehr".

Belustigte und abschätzige Blicke aus vielen Augen richteten sich auf uns, während gleichzeitig mehr oder minder schmeichelhafte Kommentierungen unseres ältlichen Aussehens aus der Runde zu vernehmen waren.

Mit einem kräftigen und lang gedehnten: "Hallo Leute", verschaffte ich mir Gehör, bevor ich zu meiner Ansage ansetzte:

„Das Mädchen hat völlig Recht. Gar nicht so dumm, wie schnell sie das erkannt hat, dass wir Schauspieler sind. Roger Saint-Roche und Rosen Schöniger sind unsere Künstlernamen. Wir machen gerade Pause, ich meine wir haben Drehpause. Und wenn wir so alt aussehen, dann haben wir das unserem spitzenmäßigen Visagisten zu verdanken, der uns auf alt geschminkt hat, wie es unsere Rolle vorsieht. Wie ihr seht, ist ihm das First Class gelungen. Ihr habt nicht einmal bemerkt, dass wir eigentlich erst 40 Jahre alt sind. Von dem Erfolg müssen wir Julian gleich bei Drehbeginn berichten."

Ich hielt einen Moment inne. Alle Blicke waren auf uns gerichtet. Ich fuhr mit einem Lächeln auf den Lippen fort: „In einem habt ihr aber Recht, Gruftis - wie ihr die alten Leute nennt, haben beim Film nicht die besten Chancen, eine gute Rolle zu bekommen. Daher die Schminkarie mit uns, aus jung mach alt. Der erste Anschein ist eben nicht immer der richtige. Man kann sich auch mal irren, nicht wahr?", beendete ich meine kurze Ansprache, die Jugendlichen nicht aus den Auen lassend. Und in dem großen Erstaunen der Jugendlichen über diese Leistung eines Film-Visagisten verließen meine Frau und ich so zügigen und federnden Schrittes, wie es unser jugendliches Alter zuließ, mit der beiläufig ins Off gemachten Bemerkung: „Der break is over, wir müssen wieder ans Set."

Die verschwundenen Fahrkarten

Ich blickte von meiner Lektüre auf, als mich eine markige Stimme ansprach: "Ihre Fahrkarte bitte!"

Noch ganz in Gedanken versunken über das eben Gelesene begann ich nach der Fahrkarte zu suchen. Eigentlich waren es ja zwei, denn ich war mit meiner Frau mit dem Intercity Express von Hamburg nach Hannover unterwegs, um an einem Kongress teil zu nehmen.

Meine Suche in der linken Innentasche meins Jacketts brachte außer ein paar Ersatzknöpfen nichts zu Tage. Ich konzentrierte mich auf eine planmäßige Durchforstung der rechten Innentasche, während draußen vor dem Fenster die Heidelandschaft in rasendem Tempo vorbei flog. Nun waren die Außentaschen dran mit demselben negativen Ergebnis.

Der Zugbegleiter stand geduldig vor mir und wartete.
Plötzlich rief ich: "Ich habe etwas gefunden!"
"Na endlich", bemerkte die Kontrollinstanz, die sich an der Lehne meines Sitzes festhalten musste, weil der ICE über eine Weiche schlingerte.
"Nicht was Sie denken", entgegnete ich, indem ich meinem Gegenüber meinen Fund entgegen hielt. "Diese kleine wertvolle Münze suche ich schon seit Wochen. Jetzt habe ich sie endlich gefunden, Ist das nicht toll?"
"Mag ja sein", drang es an mein Ohr, "aber wir brauchen Ihren Fahrschein."

Nun nahm ich meine kleine Herren-Handtasche in die Hand, um die einzelnen, durch Reißverschluss gesicherten Fächer zu öffnen und zu durchforsten. Nichts.
Auch die Suche in meiner Kollegmappe mit den Unterlagen für die Veranstaltung in Hannover blieb ergebnislos. Fach für Fach und Blatt für Blatt fingerte ich mich durch die Papiere. Kein Fahrschein zeigte sich.

Als ich aufblicke, meinte ich einen leicht missbilligenden Gesichtsausdruck des vor mir stehenden Beamten zu bemerken. Aber ich konnte mich auch getäuscht haben.

"Ich hab's gleich", sagte ich zu ihm gewandt, mir selbst Mut machend.

"Ich habe Zeit", war die Antwort, "Sie werden den Fahrschein schon finden."

Jetzt suchte ich in allen Taschen meines Mantels, den ich schräg hinter mir aufgehängt hatte. Als ich auch dort nichts fand, wurde ich etwas nervös.

"Ich bin mir sicher, die Fahrkarten eingesteckt zu haben - es sind nämlich zwei, müssen Sie wissen," sprach ich den Zugbegleiter an, "für meine Frau und mich von Hamburg nach Hannover. Wir haben die Fahrkarten im Reisebüro in Hamburg gelöst. Warten Sie", entfuhr es mir plötzlich", ich habe bei der Suche etwas gefunden, die Rechnung des Reisebüros, hier ist sie. Sehen Sie mal!", rief ich aus, das Papier dem Beamten vor die Nase haltend.

"Aber das sind keine Fahrkarten, mein Herr", sagte er, mich vorwurfsvoll anblickend.

"Die müssen nun her oder Sie müssen hier bei mir nicht nur eine, sondern zwei Fahrkarten nachlösen, denn Sie erwähnten ja, dass Sie mit ihrer Frau unterwegs sind. Übrigens: Ich sehe Ihre Frau nicht. Der Platz neben Ihnen ist doch leer!"

Als der Beamte meine Frau erwähne, fiel es mir wie Schuppen von den Augen: Meine Frau musste die Fahrkaten eingesteckt haben! Die mussten sich in ihrer Handtasche befinden, die sie auf dem Weg in den Speisewagen mitgenommen hatte. Da war ich mir jetzt ganz sicher.

Eigentlich hätte sie schon längst zurück sein müssen, denn sie wollte uns nur einen Coffe to go aus dem Speisewagen holen, dachte ich.

Als ich meine Vermutung über den Aufbewahrungsort der Fahrkarten dem Kontrolleur mitteilte, erntete ich ungläubiges Erstaunen.

Er hielt das nach meiner langen Sucherei wohl für eine geschickte Ausrede, denn seine Miene verfinsterte sich zusehends. Dann griff er wortlos in seine Umhängetasche, holte ein kleines elektronisches Gerät mit einem kleinen Bildschirm und einer Tastatur heraus und begann, Buchstaben und Zahlen in das Gerät einzutippen.

"Ich stelle ihnen jetzt 2 Fahrscheine aus", sagte er, ohne von dem Gerät aufzublicken. "Zum Fahrpreis kommt noch eine Strafgebühr dazu, weil sie nicht im Besitz von gültigen Fahrkarten sind. Wenn Sie diese doch noch finden sollten, woran ich allerdings nicht mehr so recht glauben mag, können sie diese ja zur Rückerstattung des Fahrpreises bei der Deutschen Bahn einreichen. Da wird dann ein Abschlag fällig. Das Antragsformular erhalten Sie übrigens an jedem Fahrkarenschalter. Die von Ihnen jetzt zu entrichtende Strafgebühr erhalten Sie allerdings nicht zurück."

Der Zugbegleiter hatte inzwischen den in dem Gerät befindlichen Drucker in Gang gesetzt, der ruckweise nacheinander zwei Fahrscheine durch einen Schlitz zu Tage förderte.

Gerade als das Werk vollendet war und der Kontrolleur mich zur Zahlung aufforderte, kehrte meine Frau aus dem Speisewagen mit den beiden Coffe to go zurück.

Auf meine Frage nach unseren Fahrkarten öffnete sie wortlos ihre umgehängte Handtasche und förderte die beiden von mir vergeblich gesuchten Papiere zutage.

Der ärgerliche Gesichtsausdruck des Zugbegleiters sprach Bände. Man konnte an seiner Miene erkennen, was ihn beschäftigte: Wie sollte er die beiden von ihm soeben ausgestellten und von den Reisenden noch nicht bezahlten Fahrscheine mit seiner Rechnungsstelle abrechnen, da doch die Fahrgäste ihm triumphierend ihre Original-Fahrscheine präsentierten?

Während er noch überlegte, wie er das wohl bewerkstelligen könnte, fuhr der ICE in den Hauptbahnhof von Hannover ein. Der Zugbegleiter stempelte ohne noch ein Wort an mich zu verlieren unsere wieder gefundenen Fahrkarten ab und verschwand so schnell wie er gekommen war.

Als meine Frau und ich den Zug verließen, stiegen mit uns drei Jugendliche aus, die ein paar Sitzreihen hinter uns gesessen hatten.

Auf dem Weg zum Ausgang sprach mich einer der drei an:
"Tolle Nummer, Kumpel, die Du da abgezogen hast. Schönen Dank auch! Ehrlich! Du hast mit deiner Show den Kontrolleur von uns fern gehalten. War echt ätzend, wie nah der schon bei uns angekommen war. Wir drei haben nämlich keine Fahrkarten gelöhnt. Also nochmals schönen Dank. War echt 'ne reife Leistung, wie du das gebracht hast. War das für irgendein Video?"
Als ich das kopfschüttelnd verneinte, zogen die drei grinsend ihres Weges.

Die Führerscheinprüfung

Für meine Enkelin Miriam Groll geschrieben - zur am 02.10.2014 bestandenen Fahrprüfung

An einem Donnerstag war es so weit. Ich sollte die praktische Fahrprüfung ablegen, nachdem ich einige Wochen zuvor schon die theoretische bestanden hatte.
Der Himmel war grau und es nieselte leicht, als ich mich vor der Fahrschule einfand, wo ich vom Fahrprüfer bereits erwartet wurde.

Nach einer freundlichen Begrüßung mit gegenseitiger Vorstellung stiegen wir in das bereit stehende Prüfungsfahrzeug, einen Golf IV ein. Ich vorne hinter dem Lenkrad, der Prüfer hinten mit einem Notebook und einer Aktentasche bewaffnet.

„Nun starten Sei den Motor, damit wir los kommen, Ich habe heute noch mehrere Prüfungen abzunehmen", drang es von der Sitzbank hinten an mein Ohr.

„Das geht leider noch nicht, denn zuvor muss ich mich erst noch vom vorschriftsmäßigem Reifentyp und Zustand der Pneus, der Profiltiefe sowie vom autotypgerechten Reifendruck überzeugen.
Das ist nämlich Vorschrift nach § 11 Abs. 4 Straßenverkehrsordnung (STVO) in Verbindung mit § 2 Straßenverkehrszulassungsordnung (STVZO). Eine Frage: ist ein geeichtes Reifendruckprüfgerät an Bord?"

„Nun ist aber gut", vernahm ich den Prüfer, „sehr aufmerksam von Ihnen, aber die Reifen sind in Ordnung. Wir können nun losfahren."

„Einiges muss ich aber vorschriftgemäß noch prüfen: Die Funktion der Scheibenwischer wegen des Nieselregens, der Lüftung wegen der Gefahr des Beschlagens der Scheiben. Es nieselt und die Straßen sind feucht."

„Ist ja gut", warf der Fahrprüfer etwas unwirsch ein, "ich erkenne ja an, dass Sie die Vorschriften für die Teilnahme am Straßenverkehr genau studiert haben, aber in diesem Auto funktioniert alles, da können Sie sich darauf verlassen. Und nun fahren Sie endlich los, wenn ich bitten darf!"
Der ärgerliche Tonfall in seiner Ansprache war nicht zu überhören.

„Prüfen muss ich natürlich auch noch, ob die Bremsen und die Handbremse vorschriftsmäßig ansprechen und die Hupe funktioniert. Aber das können wir ja gleich nach dem Start machen, bevor die praktische Fahrprüfung beginnt", fügte ich einlenkend noch hinzu.

Das Gesicht des Fahrprüfers hatte, wie ich im Rückspiegel erkennen konnte, eine leichte Rötung angenommen.
„Ich muss aber nach § 13 Abs. 6 STVO noch checken", setzte ich meine Prüfliste fort: Wasserstand der Scheibenwischanlage, das Vorhandensein von Warndreieck, Verbandskasten, von Ersatz- oder Notreifen, Wagenheber oder Reifen-Notreparaturflasche und natürlich die vorgeschriebenen Warnwesten.
Ferner habe ich mich als Verkehrsteilnehmer vor Fahrtantritt davon zu überzeugen, dass die Beleuchtungsanlage funktioniert: Scheinwerfer vorne, Blinker, Bremslichter, Heckleuchten."
Ehe der Prüfer etwas sagen konnte, drehte ich mich ganz zu ihm um und fuhr unbeirrt fort: „Um das alles kontrollieren zu können, bitte ich Sie um Ihre Unterstützung. Dann geht es schneller: wenn ich nämlich meine aufgezählten Einzelprüfungen erledigt habe, steigen Sie doch bitte auch aus und kontrollieren vorne und hinten am Auto die einzelnen Lampen, die ich nacheinander ein- und ausschalte!"

Das Gesicht des Prüfers hatte jetzt eine nicht zu übersehende tiefe Röte angenommen. Dann stieß er hervor: „Was soll dieser Quatsch, wollen Sie mich auf den Arm nehmen? Die praktische Fahrprüfung für Sie ist hier und jetzt beendet. Das habe ich soeben in meinem Notebook dokumentiert."

„Das ist ein starkes Stück", fuhr ich ihn mit voller Entrüstung an: „Ich verhalte mich verkehrsgerecht, indem ich mich vor Fahrtantritt von der vollen Funktionsfähigkeit des Wagens überzeuge und Sie verkünden mir den Abbruch, d.h. das Nichtbestehen der Fahrprüfung, bevor Sie überhaupt begonnen hat? Wenn nämlich unterwegs auf der Fahrt etwas, z.B. ein Unfall, passiert, weil irgendetwas an dem Wagen nicht funktioniert oder versagt hat, dann bin ich verantwortlich, da ich ja am Steuer sitze und nicht Sie auf der Rückbank! Und da nützen mir Ihre Beteuerungen, alles sei in Ordnung, gar nichts!"

Der Fahrprüfer versank in verzweifeltes Schweigen. Dann sagte er, um einen sachlichen Tonfall bemüht: "Dass ich die praktische Fahrprüfung mit Ihnen nach Dokumentation des Abbruchs heute nicht mehr durchführen kann, ist Ihnen wohl klar. Mit Ihrem Verhalten mögen Sie ja recht haben, aber wenn Sie immer so vorgehen, kommen Sie nie zu einem Führerschein. Denn zur Fahrerlaubnis fehlt Ihnen die praktische Prüfung. Und die müssen Sie noch machen. Schauen Sie mal in § 2 Straßenverkehrsgesetz (STVG) nach. Da stehen die Vorschriften für die Führerscheinprüfung drin. Viel Vergnügen!"

Als wir beide schweigend ausgestiegen waren, zupfte ich meinen Fahrprüfer am Ärmel und sagte: „Sehen Sie dort drüben auf der anderen Straßenseite den weißen Lieferwagen? Als er nickte, fuhr ich fort: „Das ist gut. Hinter der Heckscheibe ist nämlich eine Kamera auf uns gerichtet. Und das Mikrofon trage ich unter meinem Jackett.

Übrigens: herzlich willkommen in der Fernsehsendung „Verstehen Sie Spaß!"

Den verblüfften Gesichtsausdruck des Fahrprüfers werde ich mein Leben nicht vergessen.

Die vergessene Garagenauffahrt

Meine Frau und ich bewohnten vor einigen Jahren ein Einfamilienhaus mit Garage in einem Neubaugebiet, das während der umfangreichen Bauarbeiten durch eine Baustraße erschlossen war.
Nun sollten zum Abschluss die Straße asphaltiert, die Bordsteine gesetzt und der Gehweg gepflastert werden.

Heute sollten die Baumaschinen endlich auch unser Haus mit Auffahrt passiert haben.
Ich machte mich also ausnahmsweise schon am frühen Nachmittag mit meinem Auto auf den Nachhauseweg. Schon von weitem erkannte ich die Baumaschinen, die gerade die Breite unseres Grundstücks passiert hatten.
Niemand war zu sehen; die Bauarbeiter hatten wohl bereits Feierabend gemacht, als ich unserer Garagenzufahrt zusteuerte.

Im letzten Augenblick erkannte ich ein Hindernis, das mich anhalten ließ: Die Bordsteine und der Gehweg vor unserer Auffahrt waren nicht wie bei den Zufahrten der Nachbargrundstücke abgesenkt, sondern quer über die Einfahrt in voller Höhe durchgezogen worden. Man hatte unsere Zuwegung, die im Zuge der Arbeiten mit Erdaushub versehen worden war, offensichtlich übersehen.

Ich parkte mein Auto am Straßenrand, ging ins Haus und rief sofort im Rathaus an.
Eine freundliche Dame meldete sich:
„Gundula Schweitzer, Bürgerbüro, was kann ich für Sie tun?", klang es freundlich in meinem Ohr.
Ich schilderte in groben Zügen mein Problem mit der übersehenen Auffahrt.
„Ich verbinde Sie mit dem Bauamt", gab sie kund.
Im Bauamt meldete sich ein Herr Ralf Schweitzer, der mich nach meinem Begehr fragte, das ich ihm in wenigen Worten vortrug.

„Da bin ich nicht zuständig", belehrte er mich. „Ich verbinde Sie wieder mit dem Bürgerbüro, das Sie mit dem Erschließungsamt verbinden soll".

Am Telefon meldete sich dieses Mal eine junge Dame mit dem schönen Namen Yvonne Kitzing. Auf meine Bitte, mich mit dem Erschließungsamt zu verbinden, fragte sie mich nach meinem Begehr.

Als ich ihr erklärte, dass ich mein Problem nun zum dritten Mal vortragen müsse, weil offensichtlich niemand dafür zuständig sei, sagte sie mit freundlicher Stimme: „Wenn ich ihr Problem kenne, kann ich sie gleich mit dem richtigen Sachbearbeiter verbinden. Wie war Ihr Name? Die Zuständigkeitseinteilung geht nämlich nach Sachgebieten".

Ich gab nach und schilderte ihr mein Problem mit der Auffahrt.

„Ich verbinde Sie mit Herrn Heinrich Winkelmann", hörte ich noch, dann vernahm ich das Wählzeichen.

Nach einer Weile meldete sich Frau Kitzing vom Bürgerbüro wieder am Apparat: „Leider meldet sich da niemand", teilte sie mir mit. „Ich gebe Ihnen die Rufnummer, dann können Sie dort selbst anrufen, wenn der Anschluss wieder frei ist".

Als der Anschluss nach längerer Zeit endlich ein Freizeichen meldete, rief ich an, doch niemand nahm den Hörer ab.

Ich rief wieder im Bürgerbüro an, wo ich bei der Dame landete, die ich zuerst am Apparat hatte. Sie erinnerte meinen Fall und verband mich mit dem Leiter des Erschließungsamts, Herrn Tobias Käselau, der sich ruhig mein nunmehr zum 5. Mal vorgetragenes Problem anhörte und mich beschied:

„Sie müssen sich an das Planungsamt wenden! Die vergessene Absenkung des Gehwegs und der Bordsteinkante in Höhe Ihrer Auffahrt sei ein Planungsfehler, der vom Planungsamt korrigiert und in eine Arbeitsanweisung an die Baufirma umgesetzt werden müsse."

„Und wie geht es dann weiter?", fragte ich mit einem unguten Gefühl.

„Die Korrektur des Planungsfehlers durch das Planungsamt geht dann als Änderungsantrag an den Gemeinderat, der die Umsetzung beschließt. Danach kann das Bauamt einen Arbeitsauftrag an die Baufirma erteilen."

„Und wann tagt der Gemeinderat wieder?", fragte ich mit gefasster Stimme.

„Da haben Sie Glück! Schon in zwei Wochen", teilte mir mein Gesprächspartner mit. „Und wenn alles planmäßig verläuft, kann in etwa drei Wochen alles erledigt sein. Schneller geht es leider nicht. Rufen Sie am besten heute noch beim Planungsamt an, damit Ihre Angelegenheit so schnell wie möglich bearbeitet werden kann."

Ich ließ mir die Apparatnummer geben und rief im Planungsamt an. Doch niemand nahm den Hörer ab. Es waren inzwischen fast 2 Stunden vergangen und die übliche Bürozeit vom Feierabend abgelöst worden.

Eine Aufsprache auf den eingeschalteten Anrufbeantworter versagte ich mir, denn ich hatte nun wirklich keine Lust mehr, mein Problem zum 6. Mal vorzutragen.

Deprimiert legte ich den Hörer auf, verließ mein Haus und näherte mich der Baustelle, um mir das Elend noch einmal genau zu betrachten.

Ein älterer Mann in Arbeitskleidung und der Aufschrift "Straßenbau Hein GmbH" auf dem Rücken, der an einer der Baumaschinen stand und ein Werkzeugteil in der Hand hielt, sprach mich an:
„Ist das Ihre Auffahrt?", begehrte er zu wissen. Als ich stumm nickte, fuhr er fort:
„Ich wollte noch ein Werkzeug abholen, weil wir morgen auf einer anderen Baustelle sind, und da habe ich die nicht ausgeführte Absenkung von Bordstein und Gehweg entdeckt und mir gleich notiert. Machen Sie sich keine Sorgen. Das bringen wir morgen gleich als erstes in Ordnung!"

Die Baumpflanzaktion

Ludwig Börner saß auf seinem Balkon und sah über die Straße vor seiner Wohnung, über das Brachgelände und den malerischen See in die Ferne.

Er war vor kurzem aus dem Arbeitsleben ausgeschieden und genoss als Rentner diesen Ausblick und seine Freizeit in vollen Zügen. Seine Tätigkeit in einem Gartenbaubetrieb hatte ihm viel Freude bereitet. Ein wenig davon hatte er in seinen Ruhestand mitgenommen, denn sein großer Balkon glich einem grünen Dschungel: Kübelpflanzen reihten sich an Pflanzgefäße mit bunten Blumenarrangements, Büschen und Schlingpflanzen. Ein betörender Duft erfüllte die noch übrig gebliebene kleine Freifläche, wo Herr Börner seinen Liegestuhl aufgestellt hatte.

Es versprach wieder einer der schönen sonnigen und warmen Tage zu werden, wie es so viele im Osten von Schleswig-Holstein gab.

Herr Börner schaute auf die Brachfläche, die zu einem Minipark umgestaltet werden sollte.
In den Zeitungen war das Bürger-Projekt ausführlich beschrieben worden.

Am Montag hatten Bagger und Planierraupen das Gelände von Mauerresten befreit, den Schuttaushub und die alte Erde abgefahren und mehrere Lastwagen voll Muttererde auf dem Gelände verteilt.
Heute nun sollte die große Baumpflanzaktion starten, die das ehemalige Betriebsgelände in einen Bürgerpark mit Rasenfläche, Rabatten, Rosenbeeten und vor allem vielen Bäumen verwandeln sollte.

Ein LKW näherte sich dem Gelände und hielt an. 2 Arbeiter mit roten Schutzwesten und der Aufschrift "Städtischer Landschaftsbau" luden Spaten und Schaufeln von der Ladefläche. Dann steckten sie ein großes Rechteck mit Flatterband ab.

Herr Börner verfolgte diese Arbeiten sehr genau, denn als ehemaliger Arbeiter in einem Gartenbaubetrieb verstand er etwas von der Anlage und Pflege von Parkanlagen.

Er beobachtete, wie die beiden Arbeiter mit ihren Spaten und Schaufeln zur linken vorderen Ecke des abgesteckten Rechtsecks gingen und kurz miteinander sprachen.

Dann griff einer zum Spaten und begann ein Loch auszuheben.

Als er die geplante Tiefe erreicht hatte, die Herr Börner auf 60 cm schätzte, machte er ein paar Schritte zur Seite, um ein weiteres Loch auszuheben. Währenddessen griff der, bisher untätig seinem Kollegen zusehende Arbeiter, zur Schaufel und füllte das Loch mit dem seitwärts gelagerten Erdaushub wieder zu.

Als sein Kollege mit dem Spaten mit dem Aushub des zweiten Lochs fertig war und ein drittes auszuheben begann, schaufelte der Kollege mit seiner Schaufel das zweite Loch wieder zu.

So ging es weiter: Loch für Loch wurde ausgehoben und gleich wieder zugeschaufelt, die ganze Breite des Rechtecks entlang.

Und dann begannen die Arbeiter zum Erstaunen von Herrn Börner ihr Werk in der zweiten Reihe, diesmal von rechts nach links, Loch für Loch fortzusetzen. Loch graben - Loch zuschaufeln.

Gegen Mittag hatten die zwei gerade die dritte Reihe vollendet, als es Herrn Börner nicht mehr in seinem Liegestuhl auf seinem Balkon aushielt. Er musste herausfinden, was die beiden städtischen Kollegen da trieben.

Nach Erreichen der Arbeitsfläche fragte er den, der gerade begonnen hatte, das erste Loch der vierten Reihe auszuheben:

"Was machen Sie da?"

"Das sehen Sie doch, wir graben Löcher."

"Das sehe ich, aber sie schaufeln die ausgehobenen Löcher gleich wieder zu. Das verstehe ich nicht."

"Das sollen Sie auch gar nicht verstehen", sagte der Angesprochene.

"Aber ich erkläre es Ihnen trotzdem: wir pflanzen Bäume. Und wir arbeiten im Akkord".

"Ich hatte mir schon so etwas gedacht, weil es auch in der Zeitung stand, dass heute die Baumpflanzaktion starten soll."

"Dann wissen sie ja Bescheid, was wir hier tun."

"Aber ich verstehe eines immer noch nicht: Loch graben und unverrichteter Dinge gleich wieder zuwerfen. Ich sehe keinen einzigen gepflanzten Baum."

"Sie habenvöllig recht, wir haben den Auftrag Bäume zu pflanzen. Und es ist richtig, dass Sie keinen Baum sehen können. Das tut uns auch leid. Aber da müssen sie sich bei unserem dritten Kollegen beschweren. Das ist nämlich der, der die Bäume in die gegrabenen Löcher pflanzen sollte. Dieser Kollege ist aber krank geworden, nun müssen wir unsere Arbeit ohne ihn verrichten. So, und nun müssen wir weitermachen, sonst werden wir heute nicht mehr fertig. Wir arbeiten schließlich im Akkord!"

Der Säugling im Polizeihochhaus

Diese Geschichte, die auf eigenem Erleben beruht, hat eine Vorgeschichte, die zum Verständnis des Geschehenen unbedingt erforderlich ist.

Es war die Zeit der defizitären Landeshaushalte und der daraus resultierenden rigorosen Personaleinsparungen. Das Betriebsklima in den Dienstgebäuden war schlecht, zumal in den unteren Lohn-, Vergütungs- und Besoldungsgruppen nach dem Rasenmäherprinzip haufenweise Stellen abgebaut wurden, während die oberen Ebenen weitgehend ungeschoren davon kamen.

Die Behördenleitung forcierte den Personal- und Stellenabbau mit Belohnungen für umsetzungsfähige Vorschläge, was das Anschwärzer- und Denunziantentum förderte.

Als das Betriebsklima auf dem Nullpunkt angekommen war, besann sich der Hamburger Senat darauf, Abhilfemaßnahmen einzuleiten. Er entsandte Führungskräfte des öffentlichen Dienstes und Personalratsvorsitzende in Fortbildungsseminare, die sich mit Problemanalysen und mit Vorschlägen zur Verbesserung des Betriebsklimas beschäftigen sollten.

Man versprach sich davon eine Hilfestellung bei der die Notwendigkeit der organisatorischen Maßnahmen begründende Überzeugungsarbeit.

Auf einer dieser Veranstaltungen zog mich mein Kollege im Amt, der Personalratsvorsitzende der Polizei ins Vertrauen. Er hoffte, in mir einen Mitstreiter in einer noch zu entwickelnden Strategie zu finden, die das triste Betriebsklima in seinem Dienstgebäude zu verbessern in der Lage war.

Nach 2 Abenden Brainstorming hatten wir eine Idee, die wir sogleich in die Tat umsetzten – mit überwältigendem Erfolg.

An einem Donnerstagmorgen tauchten im Polizeihochhaus in allen Amtsstuben der verschiedenen Dienststellen, in Gängen und auf

Fluren, am Schwarzen Brett und von Hand zu Hand weitergereichte
Flugblätter auf, die folgenden Inhalt hatten:

Notfall im Polizeihochhaus

Liebe Kolleginnen und Kollegen, vor einiger Zeit wurde im
Polizeihochhaus im Flur des dritten Stocks ein Säugling in einer
dunkelblauen Tasche mit der weißen Aufschrift: „Polizeisportverein
Hamburg" gefunden. Der Säugling war ca. einen Tag alt und wurde
sofort in die nächste Klinik geschafft.

Eine aus Mitgliedern des Personalrats der Polizei und der
Justizbehörde gebildete Untersuchungskommission, die den Vorfall
untersuchen und Zusammenhänge mit Bediensteten des
Polizeihochhauses abklären solle, kam nach wochenlangen
investigativen Recherchen, begleitet von Bitten um sachdienliche
Hinweise, vertrauliche Mitteilungen und Vermutungen über die
Urheberschaft unter der Zusage der absoluten Geheimhaltung zu
folgendem stichhaltigen und überzeugenden Ergebnis:

*Niemand ist bei den beteiligten Personalräten der direkten oder indirekten Mutter-
bzw. Erzeugerschaft bezichtigt, angeschwärzt, denunziert oder verdächtigt worden.
Der herren- bzw. frauenlos aufgefundene Säugling kann daher nicht in einen
direkten oder indirekten Zusammenhang mit einem oder einer Bediensteten des
Polizeihochhauses gebracht werden.*

Begründung:
1. *Im Polizeihochhaus haben Bedienstete noch nie so eng zusammen gearbeitet,
   dass es Früchte getragen hätte.*
2. *Im Polizeihochhaus ist noch nie etwas mit Lust und Liebe erledigt worden.*
3. *Im Polizeihochhaus ist noch nie ein Projekt, was einmal hoffnungsvoll
   begonnen wurde, innerhalb von neun Monaten erfolgreich beendet worden.*
4. *Im Polizeihochhaus ist noch nie etwas zustande gekommen, was Hand und
   Fuß hatte.*

36

Nachtrag

Die Amtsleitung der Polizeibehörde setzte daraufhin eine Untersuchungskommission ein, die den oder die Urheber dieses Flugblattes herausfinden sollte.
Die neben anderen Bediensteten als Urheber bezichtigten Mitglieder beider Personalräte stritten jegliche Beteiligung kategorisch ab (sie wussten ja auch nichts davon: es war eine Aktion der beiden Vorsitzenden gewesen).

Das Gelächter über das Flugblatt und über die prompte Einsetzung der Untersuchungskommission war aber so groß und anhaltend, dass der Senator die Einstellung der peinlichen Untersuchung anordnete, zumal sich die Ereignisse bei der Polizei in Windeseile in allen Behörden verbreitet hatten.

Die Fortbildungskurse, die allein der Einflussnahme der Führungskräfte und Personalratsvorsitzenden auf die Bediensteten bei der Umsetzung der restriktiven Vorhaben im Personal- und Stellenhaushalt dienen sollten, wurden ersatzlos gestrichen.
Auch die Aktion der Amtsleitung, Vorschläge zur Personaleinsparung und zum Stellenabbau mit Belohnungen zu honorieren, wurde sang- und klanglos eingestellt.
Das im Polizeihochhaus geübte Anschwärzer- und Denunziantentum kam durch diese ungewöhnliche Flugblattaktion plötzlich zum Erliegen: und das Betriebsklima verbesserte sich zusehends.

Das Hotelzimmer

Wenn man bei Reiseveranstaltern Urlaubsreisen bucht, kann man was erleben. Erfreuliches und auch weniger Angenehmes.

Meine Frau und ich hatten uns Kreta als Urlaubsziel ausgesucht und über die TUI einen zweiwöchigen Aufenthalt in einem Hotel in dem Küstenort Chaniá gebucht.

Die am Rand einer malerischen Bucht gelegenen Hotels, die zur Auswahl standen, sollten über einen sehr guten Komfort und diverse Erholungs- und Fitness-Einrichtungen verfügen, ruhig gelegen sein und die Gäste von einem aufmerksamen und freundlichem Hotelpersonal bereut werden.

Als der Flieger in der Hauptstadt Heraklion gelandet war und der Shuttle-Bus uns in das Vier-Sterne Hotel Olympos gebracht hatte, begann eine Odyssee, die ich aufgeschrieben habe.

An der Rezeption des Hotels wies man uns ein Zimmer zu, das ich zuerst ohne Mitnahme des Reisegepäcks besichtigen wollte. Aus Erfahrung wusste ich, dass schon das Abstellen des Gepäcks im Hotelzimmer dessen Bezug bedeutete.

Etwas irritiert von unserem Zurücklassen des Gepäcks begleitete uns eine Service-Kraft zu dem für uns bestimmten Raum. Wie wir schnell feststellten, lag dieser nicht zu der von uns gewünschten Meerseite hin, sondern nach hinten hinaus zur Cocktail- und Tanzterrasse sowie den Tennisplätzen. Die Ausstattung des Zimmers war unterer Komfort, das Bad versifft und nicht geruchsfrei, die Betten durchgelegen. Die Renovierung der Räume und die Erneuerung von Teilen der Inneneinrichtung lag offensichtlich viele Jahre zurück.

Auf meine Frage, wie lang der Betrieb auf der Terrasse und den Tennisplätzen andauerte, wurde mir die vage Auskunft „so bis Mitternacht" gegeben. Aber die Gäste vor uns hätten sich über die „leichten Lärmeinwirkungen" nicht beschwert, bekam ich als Beruhigungspille verpasst.

Zurück an der Rezeption weigerte ich mich, dieses Zimmer zu beziehen, das weder der Hotelbeschreibung im Katalog der TUI, noch unseren Buchungsdetails entsprach.

Der herbeigeholte Chef des Empfangs bedauerte in vollendetem Deutsch, uns keine besseren Zimmer anbieten zu können. Das Hotel sei ausgebucht. Wir sollten unser Zimmer beziehen, er würde sich in den nächsten Tagen persönlich um eine bessere Unterbringung für uns bemühen.

Das lehnte ich ab, weil ich wusste, dass dies nur ein beliebtes Hinhaltemanöver von Hoteliers war. Waren die Räume erst einmal von dem Gast bezogen, dann war dieser mit seinem Einverständnis zunächst einmal untergebracht. Ein Umzug in ein besseres Zimmer hing dann allein vom Wohlwollen des Hotels ab.

Ich wusste aber auch, dass ein gut geführtes Hotel immer einige Zimmer in Reserve hielt, für Prominente zum Beispiel oder schwerwiegende Gründe für einen Zimmerwechsel.

Als wir nichts erreichten, nahmen meine Frau und ich mit unserem Reisegepäck im Foyer Platz, mit der Erklärung an den Empfangschef, hier sichtbar für alle ein- und ausgehenden anderen Hotelgäste notfalls zu übernachten, falls uns kein ansprechender Raum zugewiesen würde.

Stunde um Stunde verging. Hotelgäste kamen und gingen. Niemand kümmerte sich um uns.

Da hatte ich plötzlich eine Idee. Ich suchte mir aus dem Hotelkatalog der TUI die Mitglieder des Vorstands heraus. Der Name Dr. Maisberger gefiel mir gut.

Den würde ich zu meinem Fürsprecher machen.

Ich ging zur Rezeption und bat den Empfangschef, Herrn Dr. Michael Maisberger vom Vorstand der TUI anzurufen und eine Verbindung mit mir herzustellen.

Auf sein Zögern fügte ich hinzu: „Ich kenne den Chef der TUI, Herrn Dr. Maisberger, persönlich. Ich wollte das eigentlich nicht kundtun, aber Sie lassen mir keine andere Wahl. Wenn er am Apparat ist, sagen Sie ihm, dass ihn Manfred Kolb vom Projekt C 414 sprechen möchte."

Eine Weile blieb es still zwischen uns. Er wusste natürlich, dass die Reiseveranstalter gelegentlich unangekündigte Hotel-Checks durchführten. Aber wie ich aus seiner Miene ablesen konnte, war er sich nicht sicher, ob ich nur bluffte.

„Nun machen sie schon", herrschte ich ihn an. „Oder muss ich Dr. Maisberger von meinem Handy aus anrufen? Das täte ich ungern, denn dann bekommen Sie ja nicht mit, was ich mit Mike, ich meine Dr. Maisberger, zu besprechen habe. So viel Fairness will ich Ihnen gegenüber aufbringen, obwohl Sie bisher nicht sehr zuvorkommend mit uns umgegangen sind, wie es die TUI und deren Kunden erwarten dürfen, um mich höflich auszudrücken."

Der Empfangschef verschwand ohne ein Wort zu sagen in seinem Büro, wo ich ihn nicht beobachten konnte. Ich malte mir schon aus, wie ich mich beim Zustandekommen einer Telefonverbindung aus der Schlinge ziehen könnte, als mein Gesprächspartners mit der freudigen Nachricht zurückkehrte, dass doch noch ein zur Meerseite gelegenes Zimmer frei wäre, was einer seiner Mitarbeiter zu seinem großen Bedauern übersehen hätte.

Das Zimmer war traumhaft gelegen, offensichtlich frisch renoviert, mit einem weiten Ausblick auf die blaue Dünung des Mittelmeeres. Uns stand ein herrlicher Urlaub bevor.

Dass meiner Frau und mir bei allen Mahlzeiten ein besonderer Tisch zugeteilt wurde, war ein von uns nicht gebuchter Extraservice des Hotels Olympos. Sich am Büffet anstellen zu müssen, blieb uns zu unserer Überraschung erspart, denn wir wurden von einer Bedienungskraft nach unseren Wünschen befragt und am Tisch bedient.

Aus den Blicken der übrigen Hotelgäste konnte ich entnehmen, dass man uns für VIP'S (Very Important Persons) hielt. Aber daran gewöhnten wir uns erstaunlich schnell.

Am letzten Tag unseres Aufenthalts bat mich der Empfangschef in sein Büro, um sich von mir persönlich zu verabschieden.

Auf seine Frage, was es mit dem von mir erwähnten Projekt C 414 auf sich hätte, gab ich ihm eine ausweichende Antwort. Ich bestätigte ihm nur die gute Unterbringung und den lobenswerte Service nach anfänglichen Schwierigkeiten.

Beim Auseinandergehen bat er mich noch, Herrn Dr. Maisberger doch einen positiven Bericht über das Hotel abzugeben, und dabei die anfänglichen Missverständnisse nicht zu erwähnen, die ja zu aller Zufriedenheit ausgeräumt werden konnten. Das sagte ich ihm zu.

Nur die Vorgeschichte und die Begleitumstände unseres Aufenthalts sparte ich in meinem Bericht aus, denn ich kannte weder Dr. Maisberger noch gab es ein Projekt C 414.

Die Mutprobe, oder der Bungeesprung

Meine beiden besten und liebsten Freunde Lukas Kahlhorst, genannt Luka, Christian Miller alias Krimi und ich, Manfred Kolb mit Spitznamen Mano, hatten uns zu meiner Geburtstagsnachfeier im Maritim am Hamburger Hafen verabredet, dem Restaurant mit uriger Seemannsatmosphäre, wo wir seit einigen Jahren unsere Geburtstagsfeiern zelebrierten.

Zur Vorbereitung dieser denkwürdigen Feier hatten mich die beiden nach einem besonderen Geschenk zu meinem 70. gefragt, worauf ich ihnen von meinen lang gehegten Wünschen erzählte, nämlich einer Fahrt mit einem Heißluftballon und einer Wildwasserfahrt auf einem Floß.

Wenn ich geahnt hätte, was die beiden Teufelskerle mir schenkten, hätte ich mich gehütet, einen abenteuerlichen Wunsch zu äußern.

Nach dem fürstlichen Mahl ließ Luka ein Glas Champagner auftischen, um mit Krimi mir zuzuprosten und mir feierlich das Geburtstagsgeschenk der beiden zu überreichen, auf das sich sehr gespannt war.

Luka holte aus seiner Umhängetasche eine Papierrolle hervor, die er mir feierlich überreichte. Dann setzte er zu einer Ansprache an:

„Lieber Mano, wir haben Deinen Wunsch nach einem Abenteuer vernommen und uns für Dich ein abenteuerliches Geschenk ausgesucht: nämlich einen Bungee-Sprung vom Fernsehturm in Hamburg!"

Ich glaubte mich verhört zu haben: „Was bitte soll Euer Geschenk sein?"

„Ein Bungeesprung", assistierte Krimi.

Nachdem ich mich von meinem Schrecken etwas erholt hatte, lehnte ich mit vielen Dankesworten ab.

„Das geht nicht", fuhr Luka fort, „in der Papierrolle, die Du in der Hand hältst, befindet sich ein Gutschein für einen Bungeesprung.

Und damit Du nicht solange auf die Erfüllung Deines Geburtstagsgeschenks warten musst, haben Krimi und ich für dich gleich einen Sprung für morgen Abend 20.00 Uhr gebucht. Übrigens: Du brauchst keine Angst zu haben. Es ist absolut ungefährlich. Du benötigst nur ein bisschen Abenteurermut.

Außerdem begleiten Dich ja Deine besten und liebsten Freunde!"

Mein Herz raste. Ich bekam kein Wort heraus.

Morgen schon, schwirrte es mir durch den Kopf, morgen soll ich..., weiter kam ich mit meinen Gedanken nicht, denn Krimi musste an meinem Gesichtsausdruck erkannt haben, dass da noch Aufklärungsbedarf bestand.

„Also", fing er mit sanfter Stimme an, „Du wirst natürlich von einem Helferteam des Veranstalters "Bungeejumping" gründlich eingewiesen, bevor Du dich in die Tiefe stürzt.

Man hat in einer Höhe von 90 m Höhe auf der Plattform des Fernsehturms eine Rampe mit einem Ausleger-Kran nach außen geschoben. An dem Kran ist ein Gummiseil befestigt, dessen Länge Deinem Körpergewicht angepasst wird. Das eine Ende des elastischen Seils ist mit dem Kran, das andere Ende mit einem Geschirr verbunden, welches an Deinen Fußgelenken befestigt wird.

Auf das Kommando "**Los**" springst Du dann kopfüber in die Tiefe. Am vorher berechneten Straffpunkt des Gummiseils knapp über dem Boden wirst Du von diesem aufgefangen. Durch die Elastizität des Seils wirst Du dann mehrfach in die Höhe zurückgefedert und pendelst schließlich aus.

Danach zieht Dich der Kran wieder nach oben, das Helferteam nimmt Dich auf der Rampe in Empfang und befreit Dich von Halterung und Gummiseil.

Und wir beide, Deine besten und liebsten Freunde Luka und Krimi überreichen Dir nach dem Sprung bei einem Glas Champagner feierlich die Ehrenurkunde eines todesmutigen Bungeespringers!"

Ich bekam kein Wort heraus. Wortlos trennten wir uns. Tausend Gedanken auf einmal schwirrten mir durch den Kopf. Aber eins war mir klar: Kneifen kam nicht in Frage. Schon gar nicht vor meinen besten und liebsten Freunden. Da musste ich durch.

Am nächsten Abend erreichte ich mit zitternden Knien den Eingang des Fernsehturms, wo meine beiden Freunde schon auf mich warteten. Schweigend fuhren wir mit dem Lift nach oben. Schier endlos dauerte die Fahrt mit dem Fahrstuhl bis zur Höhe der Rampe.

Diese lange Strecke sollte ich im freien Fall herunter springen? Was ist, wenn man die Länge des Seils nach meinem Körpergewicht falsch berechnet hat und ich unten auf dem Boden aufprallte? Und wenn sich die Halterung des Seils vom Kran oder meinem Haltegurt löst? Der Rettungswagen steht doch nicht ohne Grund da unten rum.
Nur keine Panik, hämmerte ich mir ein. Tief durchatmen und ruhig bleiben. Was soll dir schon passieren? Hunderte haben diesen Sprung schon vor Dir gemacht und gefahrlos überstanden, redete ich mir Mut zu.

Oben auf der Rampe angekommen ließ ich die Einweisung und das Anlegen des Sicherheitsgeschirrs durch das Helferteam wortlos über mich ergehen.
Ich prüfte zur Sicherheit die Halterung an meinen Fußgelenken nach. Alles fest. Und ich vergewisserte mich beim Helferteam, dass das mit Länge des Seils in Ordnung gehe.

Dann war es so weit. Ich stand vorne an der Kante der Rampe. Nur ein Gitter trennte mich vor dem Abgrund. Ich schaute in die Dunkelheit, wo weit unten ein heller von zwei Scheinwerfern erzeugter Lichtfleck zu erkennen war, irgendwie unendlich weit entfernt.

Mir war jetzt alles egal. Nur schnell den Sprung hinter mich bringen, bevor mir vom Runterschauen noch schlecht wird, war mein einziger Gedanke.

Ich straffte mich und streckte meine Arme wie ein Turmspringer nach oben, um mich nach dem Wegklappen der Halterung vornüber kippen und abwärts fallen zu lassen.

„Hals- und Beinbruch", riefen Luka und Krimi mir von hinten aufmunternd zu. „Wird schon schief gehen!"

Ich zählte langsam bis drei und brüllte mit allem gefassten Mut: **LOS**

Ein Glück, dass ich gerade noch rechtzeitig aus meinem Traum erwachte!

Auf dem Markt in der Hansestadt Wismar

An einem Donnerstag begab ich mich Punkt 9 Uhr zu den Marktständen auf dem Marktplatz in der Hansestadt Wismar, die um diese Zeit bereits gut besucht waren.

Beim ersten Gemüsestand blieb ich stehen und schnappte mir eine freie Verkäuferin.

Der sich zwischen uns entwickelnde Dialog verlief in etwa so:

Ich: "Ich hätte gern Cherry-Tomaten!"

Sie: „Aber gerne, wie viel soll es denn sein?"

"Ein Viertel Doppelkilo bitte", brachte ich fröhlich heraus.

Sie runzelte die Stirn: "Wie bitte, wie viel?"

Ich: "Das sagte ich bereits: ein Viertel Doppelkilo."

Ich sah, wie es in ihrem Kopf arbeitete. Dann hatte sie eine Lösung für das Rechenproblem gefunden.

Sie: "Ich schütte jetzt Cherry-Tomaten aus dem Korb in die Schale der Digitalwaage. Und wenn es genug für sie sind, sagen Sie einfach Halt."

Ich tat wie geheißen und sackte nach meinem "Halt" die von mir bestellte Menge, nämlich genau 1 Pfund ein.

Sie: „Haben Sie noch mehr Wünsche?"

Ich: „Ja natürlich: Kartoffeln."

Sie: "Wieder ein Viertel Doppelkilo?"

Ich staunte, dass sie sich meine Mengenangabe von vorhin gemerkt hatte.
"Nein, diesmal zwei Doppelkilo."

Sie verfiel ins Grübeln. Das Rechnen im Kopf machte ihr offensichtlich zu schaffen.

Ich fragte sie, um sie abzulenken: "Woher kommen ihre Kartoffeln eigentlich?"

Ihre Miene hellte sich auf: "Aus der Erde, natürlich."

Ich war über die pfiffige Antwort erstaunt. Die Verkäuferin schien eine patente Person zu sein. Ich fragte weiter:
"Aus welcher Erde denn? Klützer Winkel?"

"Nein", gab sie kund: "Aus unserer Erde. Sie wollten doch 4 Kilo nicht wahr?"

Ich nickte und wartete auf das Abwiegen auf der Kartoffel-Waage, diesmal ganz konventionell mit Gewichten.
Nun, da ich offensichtlich eine schlagfertige und schlaue Person vor mir hatte, die meine Mengenangaben umrechnen und mit meinen Bemerkungen umgehen konnte, gab ich meine nächste Bestellung auf:
"1 Bund Mohrrüben, aber keine Karotten bitte."
Schweigen. Unschlüssig schaute mich meine Verkäuferin an. Man sah ihrem Gesicht an, dass sie an meiner Geistesverfassung zu zweifeln begann.

"Ist das nicht dasselbe, Mohrrüben und Karotten?", fragte sie mich.

"Das müssten doch Sie wissen, sie verkaufen doch Gemüse", entgegnete ich.

Sie gab mir ein Bund in die Hand und erklärte mit fester Stimme:
"Ihre Mohrrüben bitte."

Ich packte das Bund in die mir gereichte Tüte. Dann versuchte ich es weiter mit meinen Bestellungen:
"Apfelsinen hätte ich noch gerne und auch Orangen, von jeder Sorte fünf."

"Fünf Apfelsinen und fünf Orangen", murmelte sie vor sich hin, "den Kopf schüttelnd.
Sie legte ihre Stirn in Falten und schaute mich entgeistert an.
"Wollen Sie mich auf den Arm nehmen?", fragte Sie so höflich wie sie es gerade noch vermochte. Dann holte sie aus dem Korb wahllos zehn dieser goldgelben Südfrüchte heraus, packte sie in eine Tüte und reicht sie mir.

Ich protestierte lauthals: "Sie nehmen alle Früchte aus ein und derselben Kiste und wollen mir weis machen, dass Sie mir genau fünf Orangen und fünf Apfelsinen eingepackt haben?"

"Aber ja", gab sie mir zur Antwort. "Sollte ich mich bei der Herausnahme der Früchte vergriffen haben, dann suchen Sie doch bitte die überzähligen Früchte aus. Ich tausche sie ihnen gerne in die richtigen um bis die von ihnen gewünschte Zusammensetzung von je fünf Apfelsinen und Orangen stimmt.

Jetzt hatte sie mich am Wickel. Unschlüssig schaute ich abwechselnd die Südfrüchte und dann die Verkäuferin an.

Dann fragte sie mich: "Kaufen Sie immer so ein?"

"Nein", erklärte ich, sie anlachend." Ich muss mein Verhalten Ihnen gegenüber nun doch einmal aufklären.
Ich bin nämlich Reporter der Schönberger Marktzeitung, Sparte Lokales, und habe den Auftrag, einen Artikel über den Wochenmarkt

auf dem Marktplatz der Hansestadt Wismar zu schreiben. Und da will ich den Lesern auch eine der charmanten, patenten, schlagfertigen und geduldigen Verkäuferinnen vorstellen.
Und nun bitte ich noch um ihren Namen. Und ein Foto von Ihnen und dem Verkaufsstand würde ich natürlich auch noch gern machen.
Die Leser sehen immer gerne Bilder und Fotos."

Als ich alles unter Dach und Fach hatte und gehen wollte, winkte mich die Verkäuferin noch einmal an ihren Stand heran.
"Ich wollte Ihnen noch etwas schenken", erklärte sie fröhlich.
"Zu Ihren Mohrrüben schmeckt am besten Porré und da will ich Ihnen gerne noch drei Stangen mitgeben."
Sprach's und packte das Gemüse in eine Tüte, die sie mir zureichen wollte, aber mitten in der Ausführung innehielt. Dann sagte sie mit trauriger Stimme:

"Ich sehe gerade zu meinem Bedauern, dass ich leider keinen Porré, sondern nur Lauch da habe. Der schmeckt nur zu Karotten, aber leider nicht zu Ihren Mohrrüben, die Sie vorhin bei mir gekauft haben. Tut mir wirklich leid!"

Sie senkte den Kopf, um ihr spitzbübisches Lächeln zu verbergen.

Das hatte ich nun von meinen Spitzfindigkeiten.

Das Ordnungsgeld

Meine Frau und ich lebten von 2006 bis 2011 in der Brandenburgischen Landeshauptstadt Potsdam in der barocken Altstadt nahe dem Schloss und dem Schlosspark Sanssouci.

Wir erfreuten uns an den historischen Bauten des Weltkulturerbes und den vielen kulturellen Einrichtungen und machten mit unseren Dahon-Falträdern, die man im Auto mitnehmen konnte, Ausflüge in die Stadt und die Umgebung.

Wir traten dem Verein "Freunde der Stiftung Preußischer Schlösser und Gärten" (FSPSG) bei und unternahmen Wanderungen durch das weitläufige und schöne Schlossparkgelände.

Eines Tages hatte die Stiftung eine Verordnung erlassen, der zufolge zur Durchsetzung des Primats für Fußgänger das Radfahren und Mitführen eines Rades auf den Parkwegen verboten wurde. Nur ein paar wenige Hauptwege waren von dieser Neuregelung ausgenommen. Auf diesen war das Radfahren weiterhin gestattet. Bei Zuwiderhandlungen sollte an die zur Durchsetzung dieser "Parkordnung" extra eingestellten Park-Ranger ein je nach Schwere der Zuwiderhandlung gestaffeltes Ordnungsgeld zwischen 5 und 25 € gezahlt werden.

Um an einen der für Radfahrer erlaubten Hauptwege zu kommen, mussten wir von unserer Wohnung aus einen weiten Umweg um einen Teil des Parks herum fahren. Da verlockte es geradezu, eine nur 50 m lange Abkürzung durch einen Seiteneingang des Parks zu nutzen, was uns bisher auch gefahr- und schadlos gelang.

Denn wir trugen unsere vor dem Parkeingang zusammen gefalteten 11 Kilo schweren Falträder in einer Tasche mit dem Aufdruck „Dahon-Faltrad" über die Schulter gehängt auf dem Abkürzungsweg Richtung Fahrstrecke.

(Mehrere Arbeitsvorgänge waren erforderlich, um das Faltrad in der Umhängetasche zu verstauen: 3 Klemmverschlüsse lösen, Sattelstange zum Boden durchschieben, Lenkerstange nach unten klappen, Rahmen seitwärts klappen, sodass das Vorderrad das Hinterrad berührt, Pedale hochklappen, in die Umhängetasche stecken und entweder im Kofferraum verstauen oder selbige über die Schulter gehängt tragen.)

Einmal erwischten uns 2 Park-Ranger mit Schäferhund, die aus einem Gebüsch traten und uns mit unserer Last auf dem Rücken anhielten.

"Sie führen ein Rad mit sich", wandte sich einer an mich. "Sie wissen, dass das Radfahren auf Wanderwegen außerhalb der zugelassenen Hauptwege wie auch das Mitführen eines Rades verboten ist. Steht ja deutlich an jedem Parkeingang zu lesen. Das macht für Sie beide zusammen" - und dabei blickte er auch meine neben mir stehende Frau an, "20 Euro. Wenn Sie das ablehnen, muss ich ein Protokoll aufnehmen und sie zur Anzeige bringen. Dann wird das teuer."

Mit ruhiger Stimme antwortete ich: "Wir führen kein Rad mit uns, oder sehen Sie eins mit dem Lenker an unsere Händen auf diesem Weg?"

"Das nicht", gab er zu, "aber Sie führen eines mit sich, in der Umhängetasche. Steht ja drauf geschrieben, was drin ist."

"Wir werden kein Ordnungsgeld zahlen", sagte ich mit fester Stimme. "Wir führen keine Fahrräder mit uns, sondern über die Schulter gehängte Gepäckstücke. Sogar von den Verkehrsbetrieben in Potsdam und der Deutschen Bahn wird das als Gepäck anerkannt".
Das Argument verfing bei den Ordnungskräften aber nicht.
"Fahrrad bleibt Fahrrad, auch wenn es gefaltet und eingesackt als Gepäck über der Schulter getragen wird", wurden wir belehrt. "Das gelte sogar für ein Einrad oder eine Draisine. Wir führten also im Verordnungssinne ein Fahrrad mit uns".

"Nun gut", lenkte ich ein, "dann werden wir wohl zahlen müssen.
Aber können Sie uns einen Tipp geben, wie wir ohne ein weiteres Ordnungsgeld zahlen zu müssen, zu der für Fahrräder erlaubten

Fahrstrecke hinkommen? Denn wenn wir uns von dieser Stelle weg bewegen, machen wir uns ja wieder strafbar!"

Nach längerem Überlegen meinte der Ranger: "Wir drücken dann ein Auge zu, schließlich haben wir sie ja schon einmal angehalten."

"Das dürfen Sie gar nicht", wandte ich ein. "Sie müssen jede Ordnungswidrigkeit verfolgen, das haben Sie ja zu verstehen gegeben. Und wenn wir uns mit unseren Umhängetaschen mit den darin verstauten Falträdern auch nur einen Schritt weiter bewegen, begehen wir eine neue Ordnungswidrigkeit, die sie sofort ahnden müssten."
Man merkte, wie es in ihren Köpfen arbeitete.

Schließlich bedeutete mir einer nach längerem Nachdenken:
"Wir schauen einfach weg, solange sie sich auf dem Wanderweg befinden."

Was mich zu einem Protest veranlasste: "In diesem Fall", belehrte ich nun die beiden, "müsste ich wegen Ermessensmissbrauchs eine Dienstaufsichtsbeschwerde bei ihrer Dienststelle gegen sie einlegen; sie seien zur Verfolgung von Ordnungswidrigkeiten eingestellt worden und hätten nicht die freie Wahl, mal ein Augen zuzudrücken oder bloß weg zu schauen. Meine Frau und ich würden uns nicht von der Stelle rühren, bis sie uns -im wahrsten Sinne des Wortes einen Weg aufzeigten, wie wir unter Vermeidung einer weiteren Ordnungswidrigkeit mit unseren Falträdern im Gepäck den inkriminierten Parkweg bis zu einem straffreien Fahrweg fortsetzen könnten."

Da sie darauf keine überzeugende Antwort wussten, schlug ich vor, dass die beiden Ordnungshüter unsere Taschen mit den Falträdern schulterten und zur Fahrstrecke tragen sollten, quasi als vorübergehend sicher gestellte Tatwerkzeuge.

Als die beiden Ordnungshüter uns verdutzt ansahen und den Kopf schüttelten, haben wir - gegen Quittung natürlich - jeder unsere 10 € Ordnungsgeld gezahlt und versprachen sodann den beiden Ordnungshütern hoch und heilig, ihnen nicht mehr in die Quere zu kommen. Schließlich würden sie sicherlich ungern solche Lasten schleppen.

Ich schlug ihnen als Lösung des Problems vor, dass sie sich einfach entfernen und uns unserem rechtswidrigen Verhalten überlassen sollten. Wo kein Ankläger sei, gäbe es schließlich auch keinen Richter. Über diesen Ausweg waren sie sichtlich erleichtert.

Zum Abschied zeigte ich ihnen unsere Ausweise als Mitglieder des Vereins der Freunde preußischer Schlösser und Gärten, die meine Frau und mich als Beisitzer im Vorstand auswiesen und bei dem sie als Ranger angestellt waren.

Da erschraken sie sichtlich und wollten uns das von uns gezahlte Ordnungsgeld zurückgeben, gegen Herausgabe der Quittung natürlich. Als wir das ablehnten, äußerten sie kleinlaut den Verdacht, dass wir womöglich vom Vorstand des Vereins ausgesandte Testpersonen sein könnten, die das Verhalten der Ordnungshüter prüfen sollten; es war gerade in den letzten Wochen nämlich schon mehrfach zu heftigen Auseinandersetzungen zwischen Radlern, ihr Rad schiebenden und dem Aufsichtspersonal gekommen.

Wir konnten sie nur mit Mühe beruhigen.

Sie durften das schwer verdiente Ordnungsgeld behalten.

Nachtrag:

Eines hat sich für meine Frau und mich wieder einmal bewahrheitet: wenn jemand bei verbotenem Tun erwischt wird, sind wir das. Denn während des Disputs mit den Ordnungshütern konnten wir beobachten, dass viele Radfahrer diesen Abkürzungsweg benutzen. Allerdings hatten sie mehr Glück als wir: sie kehrten bei dem Anblick der Uniformierten und uns noch rechtzeitig um.

53

Polizeiobermeister Johannes Meister

Es war ein sonniger Sommertag. Ich war von Wismar aus auf Einladung eines brandenburgischen Kulturträgers unterwegs, um in der Stadtbibliothek von Pritzwalk eine Lesung abzuhalten.
Die Fahrt auf der Autobahn ging flott voran und wenn kein Stau mich aufhielte, könnte ich so rechtzeitig mein Ziel erreichen, dass ich noch eine kleine Stadtbesichtigung unternehmen könnte.

Plötzlich tauchte auf der A 24 eine gestaffelte Kette von Verkehrsschildern auf, die die Herabsetzung der Geschwindigkeit stufenweise von 100 bis auf 40 Kilometer vorschrieben. Ehe ich mich darauf einstellen konnte, wurde ich schon von einer roten Kelle eines Verkehrspolizisten auf einen Parkplatz heraus gewunken.

Als ich ausrollte, wurde ich von einem Polizeibeamten gebeten, ihm mit meinen Autopapieren und meinem Führerschein zu folgen. Ich nahm meine Umhängetasche aus dem Wagen und begleitete den Ordnungshüter zu einem Einsatzwagen, wo an einem kleinen Tisch ein junger Polizeibeamter saß und mich bat, im gegenüber Platz zu nehmen.
Sodann eröffnete er in sachlichem Tonfall das Gespräch: „Bevor Sie mich nach dem Grund Ihrer Einvernahme fragen", begann er, „werde ich Sie aufklären: Sie sind 20 km zu schnell gefahren. Wir haben Ihren Geschwindigkeitsverstoß mit der Kamera fest gehalten. Wenn Sie es wünschen, können Sie sich das Video ansehen. Der Videoschirm befindet sich hier im Wagen."

Ich wollte es und so geschah es. Mein Auto mit meinem Kennzeichen und mit mir am Steuer war deutlich zu erkennen und auch die eingeblendete Geschwindigkeit von 60 km. „Sie sind, wie Sie am eingeblendeten Tacho sehen können zu schnell gefahren. Auf unserer Videoaufzeichnung 20 km schneller als erlaubt. Geben Sie das zu?"

Ich bejahte.

54

Nachdem wir wieder am Tisch Platz genommen hatten, fuhr der Ordnungshüter in seinem sachlichen Tonfall fort: „Ich muss jetzt Ihre Personalien aufnehmen und eine Anzeige schreiben."

Ich händigte ihm meine Papiere aus und sagte: „Da haben Sie meine Unterlagen. Sie wissen also jetzt, wie ich heiße. Darf ich wissen, mit wem ich es zu tun habe?"

„Das kommt später", entgegnete er, „erst mal geht es um Sie!"

„Ich hätte aber gerne gewusst, wer mein Gesprächspartner ist", insistierte ich.

„Ich sagte Ihnen bereits" gab er mir bemüht ruhig zur Antwort, „dass das noch Zeit hat. Erst mal beschäftige ich mich mit Ihnen."

„Das ist für einen Polizeiobermeister aber eine merkwürdige Einstellung einem Bürger gegenüber", unterbrach ich seine Beschäftigung mit der Beschriftung des vor ihm liegenden Formulars.

Er blickte mich starr an: „Woher kennen Sie meinen Dienstrang Polizeiobermeister?"

Ich lächelte vor mich hin. „Das verrate ich Ihnen nicht. Es ist schon ein merkwürdiger Zufall, dass ein Polizeiobermeister mit Nachnamen auch noch Meister heißt", gab ich mit gespielter Gleichgültigkeit von mir.

Mein Gegenüber zuckte zusammen und schaute mich mit einem entgeisterten Gesichtsausdruck an. „Ich frage sie noch einmal: woher wissen Sie meinen Dienstrang und auch noch meinen Nachnamen?"

Ich schwieg.

Er holte Luft, dann stieß er atemlos hervor: „Kennen wir uns?"

„Nein, aber in Putlitz, wo Sie wohnen, sind Sie sicher bekannt wie ein bunter Hund!"

Meinem Gegenüber blieb die Luft weg. Als er sich wieder gefasst hatte, stieg Zornesröte in sein Gesicht: „Das ist doch wohl die Höhe", brach es aus ihm heraus, während er mit der flachen Hand auf die Tischplatte schlug, „ das gibt es doch gar nicht!"

Er rief einen Kollegen herbei. „Kurt, dieser Mann da", dabei zeigte er mit ausgestreckten Zeigefinger auf mich, kennt meinen Dienstrang, meinen Namen und den Ort wo ich wohne und behauptet, mich nicht zu kennen. Stell doch mal fest, ob gegen den etwas vorliegt!"

„Aha, Wissen macht einen verdächtig und ist offensichtlich strafbar", warf ich mit gespielter Entrüstung ein. "Nur weil ich weiß, wer und was Sie sind und wo sie wohnen, mache ich mich so verdächtig, dass Sie Ermittlungen über mich anstellen lassen. Dabei deutet Ihr Vorname Johannes doch auf einen liebevollen und gütigen Charakter hin, wie ihn der Evangelist Johannes besaß. Haben Ihre Eltern deshalb für Sie den Vornamen Johannes ausgewählt?"

Der Polizeiobermeister zuckte erneut zusammen. Mit matter Stimme fragte er: „Wie in aller Welt kommen Sie auf meinen Vornamen Johannes. Wer hat Ihnen das verraten? Ich fordere Sie auf, mir sofort zu sagen, woher sie meine persönlichen Daten kennen!"
„Freuen Sie sich denn gar nicht darüber, dass wir beide denselben Vornamen haben?", versuchte ich ihn abzulenken.
Bevor er antworten konnte, war der ermittelnde Kollege zurückgekehrt und berichtete, dass gegen mich nichts vorlag.
„Nun", fuhr ich fort: „Ich weiß übrigens noch mehr über Sie. Sie sind Polizeiobermeister, heißen Johannes Meister, wohnen in Putlitz und dort im Hülsebecker Damm. Möchten Sie von mir auch noch Ihre Hausnummer wissen?"

Mein Gegenüber saß da wie verdattert. Er rang nach Luft. Dann explodierte er: „Sind Sie Hellseher oder was? Das geht doch nicht mit rechten Dingen zu! Nehmen sie Ihre Papiere und machen Sie, dass Sie Land gewinnen. Aber dalli, bevor ich es mir noch anders überlege!"
Er hatte die Anzeigenaufnahme offensichtlich völlig vergessen.

Er begleitete mich stumm zu meinem Auto. Ich sah, wie es in seinem Gesicht arbeitete. Als ich eingestiegen war, fragte er mich mit mühsam beherrschter Stimme: „Und Sie wollen mir wirklich nicht sagen, woher sie all die Dinge über mich wissen?"
„ Nein", antwortete ich mit ruhigem Tonfall, wobei ich ihn freundlich anblickte.
Noch immer starrte er mich wie einen Geist unverwandt an.

Ich startete den Wagen. „Ach", rief ich ihm durch die geöffnete Seitenscheibe zu: „ Grüßen Sie bitte unbekannterweise ihre Frau Silvia von mir!"

Fast tat er mir leid, als ich im Rückspiegel sah, dass er mit versteinerter Miene mir nachschaute.

Nach meiner Lesung rief ich ihn in seinem Zuhause in Putlitz an.

Als ich ihn an unser Zusammentreffen vom heutigen Tag erinnerte, sagte er mit müder Stimme: „War mir klar, dass Sie Hellseher auch noch meine Telefonnummer kennen, die übrigens nicht im Telefonverzeichnis steht."

„War ja auch nicht schwer, Ihre Telefonnummer und Ihre ganzen persönlichen Daten zu erfahren; schließlich sind diese ja auf Ihrer Visitenkarte abzulesen, die ich auf dem Boden unter dem Tisch des Einsatzwagens entdeckte", klärte ich ihn über die Herkunft meines Geheimwissens auf.

Für einen Moment war es auf der anderen Seite still.

Dann hörte ich ein befreiendes Gelächter. „Darauf hätte ich eigentlich kommen müssen, dass Sie vielleicht irgendwo im Polizeiwagen meine Visitenkarte gefunden haben könnten. Was sind Sie eigentlich von Beruf?"

„Schriftsteller", antwortete ich.

„Dann werden Sie über das heutige Erlebnis sicher eine Geschichte schreiben, nicht wahr?"

Als ich das bejahte, bat er mich, seine wahre Identität zu verheimlichen, was ich ihm selbstverständlich zusagte.

Und so habe ich es auch gehalten.

Das erste Exemplar der Anthologie mit dieser Geschichte habe ich ihm einige Wochen später mit einer persönlichen Widmung geschickt.

Er hat sich übrigens herzlich dafür bedankt.

Das Phänomen der Repulsion

Weil Licht zwei Welten mit- und ineinander verbindet, erscheint es uns als Doppelwesen mit einem Wellen- und einem Teilchenaspekt

Die nachfolgende Glosse steht unter dem Motto:
Die Wissenschaftler wissen nichts - aber sie können alles erklären

Vor einigen Jahren arbeitete ich als freier Journalist für eine Zeitschrift, die sich mit Wissenschaftsreportagen einen Namen gemacht hatte.
Ich erhielt den Auftrag, über den 12. internationalen Physiker-Kongress zu berichten, der in der Würzburger Residenz stattfinden sollte, einem prächtigen Schloss, das von dem Architekten Balthasar Neumann entworfen wurde, der im 17. Jahrhundert lebte und wirkte.
Viele zeitgenössische Künstler wie Lucas von Hildebrandt, Maximilian von Welsch, Robert de Cotte, Germain Boffrand, Antonio Bossi sowie Johann Wolfgang van der Auvera, Georg Adam Guthmann und nicht zuletzt Giovanni Battista Tiepolo haben die unvergleichliche Architektur, großartige Raumfolge -Vestibül, Treppenhaus, Weißer Saal, Kaisersaal der Würzburger Residenz in kongenialer Weise gestaltet, ausgestattet und in schöpferischer Gemeinschaftsleistung mit diesem Prachtbau das "Würzburger Rokoko" hervorgebracht.

Im Weißen Saal also tagte der Physikerkongress. Die Zusammenkunft wurde mit den üblichen Begrüßungsreden aus Politik und Wirtschaft eröffnet, dann folgte die Vorstellung des wissenschaftlichen Themas, dem dieser Kongress gewidmet war: die Doppelnatur des Lichts als Wellen- und Partikelstrahlung. Gegenstand des Kongresses sollten die neuesten wissenschaftlichen Erkenntnisse über die Natur des Lichts sein.

Nach dem ersten Festvortrag, dessen Einzelheiten ich mir an dieser Stelle erspare, folgte eine Kaffeepause. Zu diesem Zweck hatten Bedienstete des Schlosses die Flügeltüren zur Terrasse mit dem unvergleichlich schönen Ausblick in die weiträumige und liebevoll mit

Hecken, Blumenrabatten, Springbrunnen und Skulpturen gestalteten Parkanlage geöffnet.
Von der mit einer Balustrade umgebenen Terrasse führten zwei halbbogenförmig geschwungene Treppen in den Park, deren seitliche Geländer aus Marmor wie die Balustrade selbst mit Glaskugeln verziert waren, die im hellen Sonnenlicht erstrahlten und das Blau des wolkenlosen Himmels widerspiegelten.

Einige Wissenschaftler, mit einer Tasse Kaffee in der Hand und in lebhafte Gespräche vertieft, schritten langsam die Treppen hinab, um sich am Springbrunnen nieder zu lassen.

Als sich einer der abwärts schreitenden Wissenschaftler mit seiner freien Hand auf einer der Glaskugeln abstützte, stutzte er. Er ging zur nächsten Kugel und wieder zog ein Erstaunen über seine Gesichtszüge. Mit lauter Stimme bat er die mit ihm in den Park strebenden Wissenschaftler, die Glaskugeln zu berühren, was einige auch befolgten. Nach einer Gedankenpause richtete der Physiker das Wort an die Umstehenden:
"Fühlen Sie selbst: Die Glaskugeln sind auf der der Sonne zugewandten Seite kalt, aber auf der sonnenabgewandten Seite heiß. Das ist sehr merkwürdig."

Die anderen Wissenschaftler, die daraufhin ebenfalls die Glaskugeln berührten, nickten zustimmend. Man sah sie in Gedanken versunken nach einer Erklärung für dieses, allen Gesetzen der Physik widersprechenden, Phänomen suchen.

Endlich ergriff der junge Physiker, dem das Phänomen zuerst aufgefallen war, das Wort:
"Was wir beobachtet und mit unseren Händen leibhaftig gefühlt haben, hat für mich als Physiker eine natürliche Erklärung: es handelt sich nämlich um das Phänomen der **Repulsion**:
Die Sonnenstrahlen dringen ungehindert durch die Oberfläche des gewölbten Glases der Kugel. Durch den durch die Krümmung des

Glases ausgelösten Prismaeffekt werden die Sonnenstrahlen gebündelt und treffen auf der gegenüberliegenden Innenseite der Kugel in einem Punkt zusammen. fokussieren. Durch diese Fokussierung wird ein Brennglaseffekt erzeugt, der durch die Konzentration zur Wärmeentwicklung führt, die auf die Umgebung ausstrahlte. So ist zu erklären, dass die Glaskugel auf der sonnenzugewandten Seite kühl, aber auf der sonnenabgewandten Seite heiß ist."

Die Umstehenden, die diesen Ausführungen zunächst belustigt, aber dann mit zunehmendem Ernst zugehört hatten, schwiegen.
Man konnte nach einiger Zeit an ihren Mienen sehen, dass sie die Erklärung ihres Kollegen für wissenschaftlich fundiert hielten.

Einer der Bediensteten, der die Flügeltüren zur Terrasse geöffnet hatte, räusperte sich verlegen, bevor er das Wort ergriff:
"Meine Herren", begann er zögernd, "entschuldigen Sie bitte, dass ich hier das Wort ergreife. Ich bin nur ein Angestellter der Schlossverwaltung. Ich möchte den Erklärungen ihres Kollegen nur eine Kleinigkeit hinzufügen: ich drehe von Zeit zu Zeit die Glaskugeln um, damit sie in der heißen Sonne nicht platzen!"

Der Kitchener

Meine Frau und ich saßen frühmorgens auf unserer Terrasse und genossen unser Frühstück. Jana summte vor sich hin. Sie schien guter Stimmung, mit sich und mit mir zufrieden zu sein. Und so nutzte ich diese günstige Gelegenheit, ihr einen Vorschlag zu unterbreiten.

„Liebling", so begann ich, „du beklagst dich ja zu recht immer wieder, dass ich zu wenig im Haushalt mit arbeite. Ich weiß, dass du meine Entschuldigungen nur zum Teil akzeptierst, denn du bist ja wie ich berufstätig. Und da habe ich eine Idee."

Jana ließ die Tasse sinken und schaute mich gespannt an.

Ich räusperte mich und fuhr fort: „Also, ich weiß da von einem Pilotprojekt, man sucht noch Freiwillige, die ein Experiment mit machen, natürlich völlig kostenlos und zu nichts verpflichtend."

Meine Frau, die unter meiner Experimentierfreudigkeit schon so manches Mal gelitten hatte, setzte eine leicht gestresste Miene auf: „Bitte nicht schon wieder eines deiner Experimente. Das letzte Mal mit der Erprobung eines elektrischen Fensterputzers ging gründlich schief. Ich musste die angerichtete Schweinerei   unter allen Fenstern aufwischen!"

„Nein, nein", versuchte ich sie zu beruhigen, „dieses Mal musst du in dieser Richtung nichts befürchten. Es handelt sich um eine ausgereifte technische Entwicklung, die nur noch den letzten Schliff in der Praxis bekommen soll. Das Ganze ist total ungefährlich und würde eine enorme Entlastung im Haushalt mit sich bringen. Ich rede vom Einsatz eines Kitcheners."

„Bitte was?"

„Eines Kitcheners."

„Und wer oder was soll das sein?"

„Eine elektronische Hilfe im Haushalt. Die kann Geräte bedienen, kann selbständig kochen, putzen,   waschen, macht sauber, serviert, stellt sogar eine Liste der knapp werdenden   und daher zu besorgenden Lebensmittel und Haushaltsartikel zusammen."

„Und wer soll das alles machen? Das schaffe ich ja kaum."

„Ein Roboter mit eingebautem Computer. Den gibt es in zwei Ausführungen:Aals einfaches technisches Gerät auf Rollen, mit einer Frontkamera und zwei Greifarmen, oder als Android mit einem dem Menschen nachgebildeten Körper und künstlicher Haut, einem Gesicht mit zwei elektronischen Augen, hinter denen sich eine Kamera verbirgt, mit voll funktionsfähigen Beinen und Füßen sowie menschenähnlichen Armen und dem Vorbild vollkommen nachgebildeten Händen mit absoluter Feinsensorik der Finger."

Meine Frau schwieg lange. Dann fragte sie: "Und wie geht man mit so einem Ding um? Das weiß doch nicht, was er tun soll!"

Auf diese Frage war ich vorbereitet: „Dafür ist in dem inwendigen Chip des Androiden ein umfangreiches Arbeitsprogramm mit allen in Küche und Haushalt anfallenden Arbeiten vorprogrammiert, außerdem besitzt er ein Sprachmodul, mit dem wir uns mit ihm verständigen können, zum Beispiel, um Befehle zu erteilen oder zu ändern. Zudem ist jeder Arbeitsschritt auf einem in Brusthöhe installierten Display ablesbar."

„So einen Quatsch kannst Du dir abschminken. So was kommt mir nicht ins Haus. Auch nicht als Versuch oder Pilotprojekt. Unsere Haushaltsgeräte wie Kühlschrank, Herd, Kaffeemaschine, Staubsauger, Geschirrspüler und Waschmaschine reichen mir völlig aus", gab meine Frau empört von sich.

„Liebling, lass es uns doch mal versuchen. Ich verspreche Dir, den Kitchener sofort wieder abholen zu lassen, wenn es irgendwelche Schwierigkeiten oder Unzulänglichkeiten gibt."

Und so wurde eine Woche später ein überdimensionales Paket angeliefert. In ihm befanden sich die Einzelteile eines menschenähnlichen Roboters. Die sehr umfangreich bebilderte und mit einem ausführlichen Textteil versehene Bedienungsanleitung, Manual genannt, versprach einen leichten und schnellen Zusammenbau.

Es dauerte nur 5 Stunden, aber dann stand der Kitchener mit geladener Batterie vor mir und wartete auf meine Befehle, wie mir seine grüne Befehlsempfangsleuchte mit eingeschaltetem Sprachmodul anzeigte und das aktivierte Display auf seiner Brust .

Erst einmal müsse ich Kitchener mit unserer Wohnung vertraut machen, so stand es im Manual. Ich zeigte unserem Kitchener alle Räume, in die er mir mit einem leisen Surren folgte. Aus den Bewegungen seines Kopfes schloss ich, dass er sich die Topografie der Räume mit allem Interieur mithilfe seiner elektronischen Augen einprägte. Das war wichtig, denn er sollte ja nicht durch die Möblierung ins Stolpern geraten und womöglich stürzen.

Als nächstes zeigte ich ihm seine Arbeitsfelder. Über die bereits installierte Grundausstattung mit den wichtigsten Arbeitsschritten für die perfekte Führung eines 2-Personen-Haushalts hinaus bedurfte es natürlich noch einer Feinabstimmung vor Ort.

Ich führte Kitchener zunächst in die Bedienung der Küchengeräte ein. Dann lernte er das Aufdecken des Geschirrs, das Herausholen der Lebensmittel aus Vorratsschränken und Kühlschrank, die Bedienung des Herdes, das Servieren auf dem Tablett, das Abdecken und Verstauen, sowie die Notierung der Vorräte für Nachbestellungen, die Bedienung des Geschirrspülers und der Waschmaschine, das Einsortieren der Wäsche nach Herausnahme aus dem Wäschetrockner, das Bügeln, Saugen, Putzen mit allen dazugehörigen Geräten und Handlungsabläufen.

Eine Nacht gönnten wir unserem Kitchener noch Ruhe. Aber am Samstag sollte der erste Versuch starten. Gespannt warteten wir nach dem morgendlichen Einschalten auf das, was sich nun mit dem eingegebenen Programm tat. Das war wichtig, denn unser Plan war, unseren Kitchener während unserer beruflichen Abwesenheit von zuhause die Arbeiten selbständig verrichten zu lassen.

Heute sollte in unserer Gegenwart nun die Generalprobe stattfinden.

Langsam näherte sich mit leicht federnden Schritten und summend unser Kitchener dem Frühstückstisch auf der Terrasse. Mit sanft singender Stimme wünschte er uns einen guten Morgen und stellte das gefüllte Tablett vorsichtig auf den Tisch. Dann deckte er den Tisch.

Dass er den Kaffee nicht in die dafür vorgesehenen Tassen, sondern in das Glas mit dem Orangesaft gießen wollte, sahen wir ihm nach, auch dass der Scheibenkäse im Toaster geschmolzen war, der eigentlich das Toastbrot aufnehmen sollte. Immerhin: nach Korrektur des Programms schnitt er das Schwarzbrot in korrekter Dicke in Schreiben, wir merkten aber zu spät, dass er nach und nach das ganze Brot im Toaster röstete.

Gerade als wir anfingen, uns eine Scheibe zu schmieren, begann der Kitchener unbeirrt mit dem Abräumen des gerade Aufgedeckten. Offensichtlich war er mit seinen Arbeitsabläufen in Zeitverzug geraten.

Plötzlich hielt er mitten in einem Bewegungsablauf inne, richtete sich auf und verharrte regungslos an Ort und Stelle. Auf Befehle reagierte er nicht, bis er uns mittels seines Sprachmoduls erklärte, dass Roboter menschlichen Arbeitnehmern keine Konkurrenz machen dürften. Sie wären so programmiert, dass sie auch die Arbeitspausen von 9 bis 9.45 und 12 bis 12.45 einzuhalten hätten

Merkwürdig, dass uns vom Entwicklungszentrum niemand darauf hingewiesen hatte.

Was uns verblüffte, war die Tatsache, wie er mit unserer Schmutzwäsche umging. Er entnahm sie dem Korb, den er wohl für den des Wäschetrockners hielt, und begann sie zu bügeln. Als wir das im Ansatz verhinderten, wollte er das Frühstücksgeschirr mit Lebensmitteln in der Waschmaschine reinigen lassen.

Als ihm das durch unser Eingreifen nicht gelang, bestand er darauf, die schmutzigen Schuhe mit dem Eco-Programm in der Waschmaschine waschen zu lassen.

Man kann natürlich versuchen, in der Garderobe Mantel und Lederjacke mit dem Staubtuch sauber zu wischen und die Fenster mit einem Besen trocken zu reinigen, was wir aber noch rechtzeitig verhindern konnten.

Was uns dabei beeindruckte, war Kitcheners gleichbleibende freundliche Art. Er schien unser Eingreifen nicht übel zu nehmen, denn er quittierte es jedes Mal mit einem singenden „Entschuldigung, das tut mir leid."

64

Als der Postbote klingelte, um ein Paket abzugeben, erlebten wir Erstaunliches. Unser Haushaltshelfer hielt den Postboten wohl für einen unliebsamen Konkurrenten, denn er beförderte ihn recht unsanft zur Haustür hinaus.

Am späten Nachmittag trennten wir uns schweren Herzens von Kitchener. Das Erlebnis mit ihm hatte aber etwas Gutes: er hatte uns aufgezeigt, wie eintönig und stinklangweilig eigentlich unser Alltag abläuft.

Nach all dem bleibt eines festzuhalten: Roboter sind halt auch nur Arbeitnehmer. Ihnen ist nur leichter zu kündigen

Der Seidenteppich von Isfahan

Vor Jahren hatte ich geschäftlich im Iran zu tun und musste von Teheran aus nach Isfahan reisen, wo ich mich auf dem Verhandlungswege mit der dortigen Handelskammer um die Verbesserungen der Handelsbeziehungen zwischen Iran und Deutschland bemühen sollte.

Wir waren eine Crew von Wirtschaftsfachleuten, die in einem Hotel in Isfahan Quartier bezogen hatten. Nach einem abschließenden gemeinsamen Abendessen mit unseren iranischen Gesprächspartnern stand ein Bummel im orientalischen Basar an, den ich nutzen wollte, um meinen Lieben nach ein-monatigem Aufenthalt in der Fremde ein Geschenk mit zubringen.

Vor einem Teppichladen blieb ich sehen, denn mir war die Idee gekommen, das Parkett unseres Wohnzimmers mit einem echten Perserteppich zu verschönern.

Der Händler, der mich nach orientalischer Tradition mit einer Tasse süßem Tee begrüßte, führte mich durch sein Lager. Teppich für Teppich ließ ich mir vorführen, seine Knotendichte nennen, seine Beschaffenheit erklären und seine Herkunft erläutern. Am Ende entschied ich mich für einen Seiden-Ghom, der mir schon eingangs der Galerie ins Auge gefallen war.

Den genannten Preis, der nur die Hälfte des in Deutschland zu zahlenden Preise betrug, noch herunterzuhandeln ist Tradition im Orient, an die ich mich hielt, um als würdiger Geschäftspartner anerkannt zu werden.

Ich bot also die Hälfte des genannten Preises, wobei ich bei meinem Gegenüber helle Empörung auslöste. Als ich mich mit 10, dann 20 und zuletzt 30 % Nachlass auf den Preis nicht einließ, sondern den Laden verließ, erlebte ich Erstaunliches: Der Händler war mir gefolgt und bat mich in sein Geschäft zurück, um mit einen 35-igen Nachlass anzubieten.

Damit war ich einverstanden. Niemand von uns beiden hatte sein Gesicht und sein Ansehen verloren und so besiegelten wir den Kauf mit einem Glas Sekt.

Der Händler versprach, mir den Teppich in mein Hotel zu liefern, was auch geschah.

Ich legte den gelieferten Ghom gleich im Hotelzimmer aus, um mich an den Mustern, den Farben und dem seidigen Glanz zu erfreuen. Ich konnte mich einfach nicht satt sehen an diesem kostbaren Stück von Knüpfkunst. Da würde meine Familie große Augen machen, wenn ich mit einem so kostbaren Stück heimkehrte.

Ich öffnete die Balkontür, um frische Luft zu schöpfen, als plötzlich hinter mir ein Rauschen wie das Schlagen von großen Vogelflügeln ertönte. Als ich mich umdrehte, bekam ich gerade noch mit, wie sich der Teppich an allen vier Ecken wippend in die Luft erhob und über mich hinweg durch die Balkontür ins Freie schwebte. Schon wenige Augenblicke späte war er meinen Blicken entschwunden.

Ein Fliegender Teppich, geisterte es durch meinen Kopf. Aber so etwas gibt es doch in Wirklich gar nicht, versuchte ich Klarheit in meine sich überschlagenden Gedanken zu bringen.

Diese Art von "luftigen" Teppichen war Gegenstand vieler orientalischer Märchen, erinnerte ich mich, aber hatten mit der Realität nichts zu tun. Oder etwa doch? Der Teppich war jedenfalls vom Fußboden meines Hotelzimmers verschwunden. Das stand fest.

War ich einem Trugbild oder einer Wahrnehmungstäuschung zum Opfer gefallen?

Vielleicht konnte mir der Teppichhändler weiter helfen. Dem hatte ich zwar gesagt, dass wir heute mit dem Flugzeug nach Deutschland zurückkehren würden, aber unser Abflug hatte sich kurzfristig um 2 Tage verschoben. Die Iraner hatte noch zwei Punkte zu verhandeln, bevor ein Abkommen abgeschlossen werden konnte.

Also machte ich mich auf den Weg zu meinem Teppichhändler auf dem Basar in Isfahan. Als ich durch die Ladentür trat, meinte ich ein leises Erschrecken in seinem Gesichtsausdruck zu entdecken.

Ich berichtete ihm von dem Vorfall in meinem Hotelzimmer, den er sich allerdings nicht erklären konnte. Er bestand darauf, dass er mit dem Verschwinden des Teppichs nichts zu tun hatte. Da müssen Diebe am Werk gewesen sein, die den Teppich vielleicht an einem Tau mit einem Ruck aus dem Hotelzimmer gezogen hätten. Meine Beteuerungen, dass sich der Teppich fliegend aus dem Staub gemacht hätte, rückte er in die Welt der Fantasie. So etwas gäbe es nur in den Märchen vom seligen Ali Baba.

Schon wollte ich unverrichteter Dinge wieder gehen, als mir ein Seiden-Ghom auffiel, der auf einem Stapel in einer dunklen Ecke lag.

Ohne den Händler zu beachten, strebte ich schnurstracks auf den Teppich zu, wo ich unter Protest des Ladenbesitzers eine Ecke des Ghom umdrehte. Und richtig: dort befand sich die von mir aufgeklebte Zollerklärung für den Heimflug.

Der Teppichhändler drückste herum bis er mich bat, das was er mir anvertraute, niemand zu erzählen. Sein Teppichladen sei sonst von der Schließung bedroht und daran könne mir doch nicht gelegen sein.

Als ich ihm drei heilige Eide schwor, nichts von dem Geheimnis zu verraten, gestand er mir, dass es sich bei dem von mir gekauften Teppich um einen der drei Fliegenden Teppiche handelte, die die seit dem Tod von Ali Baba vergangene Zeitspanne bis heute überdauert hätten. Einen hätte er erwerben können, der ihm nun bei gutgläubigen Touristen gute Dienste verrichtete, denn sie säßen längst im Flugzeug, wenn Sie den Verlust des Teppichs bemerkten,

Schweigend ging der Händler zum Verkaufstresen und händigte mir unter vielen Entschuldigungen den von mir gezahlten Kaufpreis aus.

Ich versicherte ihm nochmals meine Verschwiegenheit und machte mich auf den Weg in mein Hotel, denn die Lust an einem Teppichkauf war mir vergangen. Ich würde etwas im Duty Free Shop im Flughafen erwerben.

Man kann sich sicher meine Überraschung vorstellen, als ich beim Aufschließen meines Hotelzimmers auf dem Fußboden den Seiden-Ghom entdeckte, dessen Ecken noch leicht wippten. Wie und warum er den Weg zu mir zurück gefunden hatte, konnte ich nicht in Erfahrung bringen.

Ob das eine Wiedergutmachungsgeste des Teppichhändlers war?

Nun schmückt der Seiden-Ghoum das Parkett unsers Wohnzimmers in Deutschland.

Noch habe ich der Versuchung widerstanden, seine Fähigkeit als Fliegenden Teppich zu auszuprobieren. Aber irgendwann werde ich es tun.

Die Verwechslung

Wenn man viel mit der der Eisenbahn unterwegs ist, kann man so einiges erleben:

Fahrscheinautomaten, die das Reiseziel nicht gespeichert haben, kein Wechselgeld herausgeben oder das Papiergeld nicht annehmen, Verspätungen, Zugausfälle, defekte Toiletten, von Mitreisenden belegte Plätze, die man eigentlich gebucht hatte, Vorbeifahrten an offiziellen Haltestellen.

Und dann gibt es die einmaligen Erlebnisse, die einem bis heute mit allen Einzelheiten im Gedächtnis haften geblieben sind.

Es passierte im ICE auf der Fahrt von Hamburg nach Berlin.

Ich war zu einer Tagung unterwegs und hatte mich in einem Abteil auf einem wider Erwarten freien Fensterplatz niedergelassen, um während der Fahrt noch einmal in aller Ruhe und Ausführlichkeit mein Referat und die schriftlichen Arbeitsanweisungen durchzugehen.

Mir gegenüber hatte ein etwa gleichaltriger Herr Platz genommen, der sich gleich nach dem Verstauen seines Gepäcks in die Wochenzeitung "Die Zeit" vertiefte.

Nach einer Weile, als der ICE auf freier Strecke Fahrt aufgenommen hatte, meinte ich zu verspüren, dass Augen auf mich gerichtet waren. Ich löste mich von dem Text des Referats und blickte auf.

Mein Gegenüber hatte seine Zeitung sinken lassen und schaute mich an. Dann verzog sich sein Mund zu einem Lächeln:

„Hallo Wolfgang", drang es an mein Ohr. „Welch eine Überraschung, Dich nach so viel Jahren einmal in einem ICE wiederzusehen."

Ich lächelte zurück: „Sie müssen sich irren. ich heiße nicht Wolfgang."

„Oh doch, ich erkenne dich genau. Du hast Dich in all den Jahren kaum verändert. Ich bin doch der Andreas."

Da er mich duzte, glaubte er wohl in mir jemand vor sich zu haben, der ihm von früher vertraut war. Ich forschte in meinem Gedächtnis nach, aber kein Erkennungssignal meldete sich.

„Sie müssen sich irren", fuhr ich mit Betonung fort: „Ich heiße nicht Wolfgang."

„Nu mach aber einen Punkt", insistierte der Mitreisende, mich fixierend:

„Nun tu doch nicht so, als ob Du mich nicht erkennst. Na ja, irgendwie kann ich das verstehen. Du willst Dich auf etwas vorbereiten, das sehe ich an dem Schriftstück, was du in deinen Händen hältst.

Ich bin ab jetzt ruhig. Aber du könntest wenigstens vorher noch zugeben, dass du der Wolfgang aus meiner Jugendzeit bist.

Und so sehr kann ich mich auch nicht verändert haben, dass du mich nicht wieder erkennst."

Mit meiner Konzentration war es jetzt vorbei. Das Gerede hatte mich aus dem Konzept gebracht. Und es ging mir langsam auf die Nerven.

Mit etwas einem etwas ärgerlichen Tonfall in der Stimme wandte ich mich an mein Gegenüber:

„Nehmen Sie bitte endlich zur Kenntnis, dass ich Sie nicht kenne. Ich habe ein gutes Erinnerungsvermögen. Und da kommen Sie nicht vor. Wir sind uns noch nie begegnet. Wenn es anders wäre, hätte ich mich dazu bekannt. Und nun lassen Sie mich bitte mit ihrem Geschwätz in Ruhe. Wie Sie richtig erkannt haben, will ich mich wirklich auf etwas vorbereiten."

Eine Weile blieb es ruhig zwischen uns, während die Fahrtgeräusche des dahin rasenden ICE das Schweigen untermalten.

„Eins muss ich aber noch sagen dürfen", brach es plötzlich aus meinem Gegenüber heraus:

„Dass Du dich verleugnest, hätte ich nie von dir gedacht. Schließlich haben wir uns gut gekannt während unseres gemeinsamen Studiums in Tübingen. Du weißt doch sicher noch, dass wir nebeneinander im Hörsaal saßen. Und da war ja noch Annemarie, in die wir beide verliebt waren und die jetzt einen erwachsenen Sohn hat. Sie hat übrigens nie verraten, wer der Vater ist. Ist ja jetzt auch egal."

„Das wird ja immer schöner", entgegnete ich unwirsch und mit lauter Stimme:
„Ich habe nie in Tübingen studiert. Und deshalb kann ich dort auch keine Annemarie gekannt haben. Warum wollen Sie unbedingt, dass ich Ihr Wolfgang bin? Ich heiße nicht so und habe nur in Freiburg und Hamburg studiert. In Tübingen war ich nie."

Mein Gesprächspartner schwieg. Dann seufzte er: „Wie schön hätte unser Wiedersehn doch werden können, wenn Du zugegeben hättest, Wolfgang zu sein. Wir hätten uns viel zu erzählen gehabt."

Da platzte mir der Kragen: „Wenn Sie nicht endlich mit Ihrem dämlichen Gequatsche aufhören, stehe ich auf und suche mir einen anderen Platz!"

Mein Gegenüber blickte mich erschrocken an und versank fortan in Schweigen.

Kurz vor unserem Zielbahnhof meldete er sich wieder:
„Ich muss mich bei Ihnen entschuldigen. Natürlich weiß ich, dass Sie nicht der Wolfgang sind, den ich Ihnen untergeschoben habe.
Ich bitte Sie um Verzeihung, dass ich Sie mit dieser dämlichen Story belästigt habe. Aber ich bin Hobby-Schriftsteller und auf dem Weg zu einer literarischen Wochenend-Schreibwerkstatt im Literaturhaus in Berlin und suchte verzweifelt nach einer Idee, die ich in dem Schreibseminar zu einer Kurzgeschichte ausbauen kann.
Und da kamen Sie mir gerade recht."

Ich schwieg und nickte ihm verständnisvoll zu.

Ich konnte ihm doch nicht verraten, dass ich als Leiter dieses Seminars nach Berlin unterwegs war.

Der Zettel

Prolog

Dieses Erlebnis hat sich zu einer Zeit zugetragen, als man in der Kommunikation auf einen konventionellen Telefonanschluss, öffentliche Telefonzellen, Briefkontakt oder persönliche Begegnungen angewiesen war.

Die elektronischen Kommunikationsmöglichkeiten per Handy, Smartphone, Tablet, iPad, Internet, Email und den Portalen Facebook und Twitter wurden erst Jahrzehnte später erfunden.

Aber auch heutzutage funktioniert der Flirt per Augenkontakt immer noch.

Sie war mir sofort aufgefallen. Sie saß in dem Straßencafé im Quartier de Latin in Paris ein paar Tische von mir entfernt und war allein. Ihr dunkles Haar umrahmte ein ebenmäßig geschnittenes schmales Gesicht mit dunkelbraunen Augen. Als sich unsere Blicke trafen, war mir, als ob ein kleines Lächeln um ihre Mundwinkel spielte, aber ich konnte mich auch getäuscht haben.

Ich war mit meinen Klassenkameraden in Frankreich auf Klassenreise. Wir hatten für einige Tage in Paris Station gemacht. Der heutige Nachmittag war frei und so hatte ich mich allein in das Café Georges im Studentenviertel von Paris begeben, wo ich mich auf einen Espresso niedergelassen hatte.

Das junge Mädchen hatte mich erneut angelächelt, diesmal auffallend direkt. Bald flirteten wir auf vergnügliche Weise mit den Augen, während ich mir mühsam eine kleine Ansprache auf Französisch zurecht legte, was mir auf der Grundlage eines nur dreijährigen Französischunterrichts doch recht schwer fiel.

Gerade als ich überlegte, ob ich sie nicht doch besser auf Englisch ansprechen sollte, holte sie einen Füller und einen kleinen Zettel aus ihrer Handtasche, schrieb etwas darauf, faltete ihn zusammen und gab ihn einem herbei gerufenen Keller, wobei sie in meine Richtung zeigte. Kurz darauf zahlte sie, warf mir noch einen langen Blick zu und schritt über den kleinen Platz vor dem Café davon. Aus einer kleinen kaum wahrnehmbaren Geste ihrer Hand, die sie zu einem anmutigen Gruß erhoben hatte, schloss ich, dass sie am nächsten Tag um die gleiche Zeit wieder dort sitzen würde.

Während ich den gefalteten Zettel vom Kellner entgegennahm, durchzog mich eine Flut von Gedanken: ob sie wohl eine Telefonnummer, ihren Namen und Ihre Adresse, einen Termin und einen Ort einer Verabredung aufgeschrieben hatte? Mit klopfendem Herzen öffnete ich das zusammengefaltete Papier.

Ich erkannte eine Notiz in einer zierlichen Handschrift, die ich aber nicht übersetzen konnte. Die geschriebenen Wörter waren mir nicht vertraut, nicht eines auch nur annähernd einem mir bekannten französischem Wort ähnlich. Ich konnte weder einen Namen noch eine Adresse erkennen, auch eine Telefonnummer war nicht zu sehen.
Ich steckte den Zettel in meine Jackentasche, zahlte, und machte mich auf den Weg zu unserer Unterkunft. Ich überlegte, welchen Vornamen meine unbekannte Schöne wohl trüge. Marie-Claire würde zu ihr passen, dachte ich. Ich hatte den Namen auf einer der an den Kiosken ausgehängten Modezeitschriften entdeckt. Er gefiel mir, denn er strahlte etwas Geheimnisvolles aus. Also nannte ich sie für mich fortan Marie-Claire.

Ich hatte mir ausgedacht, wie wir unseren ersten gemeinsamen Tag verbringen würden: im Jardin de Luxembourg oder auf dem Eiffelturm, vielleicht auch im Bois des Boulogne oder auf den Treppen am Seine-Ufer. Oder wir würden ins Moulin Rouge oder ins Montmartre Tanzen gehen. Ich müsste natürlich erst einmal heraus finden, was sie am liebsten unternähme. Es war aber auf jeden Fall gut, schon einige Vorschläge parat zu haben.

Zunächst müsste mir jemand bei der Übersetzung der Notiz auf dem Zettel helfen. Aber was wäre, wenn dort etwas ganz anderes zu lesen wäre, als ich vermutete? Ob sich Marie-Claire vielleicht einen Scherz mit mir erlauben wollte? Einen Termin, eine Adresse und eine Telefonnummer hätte ich bestimmt entziffern können. Doch das Geschriebene sah nicht danach aus.

War es unter Umständen etwas Intimes oder Verfängliches oder Lächerliches, was auf dem Zettel über mich geschrieben stand? Natürlich lag das eigentlich im Bereich des Unvorstellbaren. Meinem Klassenlehrer, der uns in Französisch unterrichtete, wollte ich den Zettel aber nicht zeigen. Er würde mich sicher auslachen, dass ich das Geschriebene nicht übersetzen konnte.

Doch meine Klassenkameradin Beatrice, die mit ihren Eltern erst vor wenigen Jahren von Frankreich nach Deutschland übergesiedelt war, musste mir helfen können.
In einem unbeobachteten Augenblick sprach ich sie an und schilderte mein Erlebnis mit der jungen Französin, ohne natürlich auf Marie-Claires Anmut und Schönheit einzugehen. Denn mit der Eifersucht junger Mädchen, die diese manchmal aus unerfindlichen Gründen befiel, hatte ich schon Erfahrungen gemacht.

Beatrice nahm den Zettel, entfaltete ihn und las, während ich sie beobachtete. Sie starrte auf den Zettel, las wieder, starrte und sprach kein Wort. Irgendetwas musste sie getroffen haben, denn sie rang sichtlich nach Fassung. Endlich sagte sie mit erregter Stimme:
„Das hätte ich von dir, gerade von dir, nie und nimmer gedacht. Hier hast du den Wisch wieder."
Sprach's und ging schnellen Schrittes davon, ohne mich noch eine Blickes zu würdigen.

Ich war wie vor den Kopf geschlagen. Was mochte auf dem Zettel aufgeschrieben sein, worüber die sonst so zurückhaltende Beatrice ihre Beherrschung verloren hatte? Hatte sie da etwas missverstanden oder nicht richtig entziffern?
Vielleicht war sie einfach eifersüchtig auf Marie-Claire, weil sie heimlich in mich verliebt war? Ich hatte zwar nie etwas in dieser Richtung

bemerkt, denn uns verband eine rein sachliche Arbeitskameradschaft, aber theoretisch möglich war es zumindest schon. Gab es da nicht das Sprichwort: „Stille Wasser sind tief?"

Langsam beruhigte ich mich wieder. Es musste alles ein Irrtum sein. Ich würde mich doch meinem Klassen- und Französisch-Lehrer anvertrauen. Das war ein Mann, gegen Eifersucht gefeit und neutral. Aber das hatte noch Zeit.

Am nächsten Tag gelang es mir, mich von dem auf Nachmittag angesetzten Besuch des Louvre zu drücken. Schon eine halbe Stunde vor der gestrigen Zeit saß ich in dem Café Georges, um auf Marie-Claire zu warten.

Ich hatte meine vorteilhafteste Kleidung angezogen, mir einige Begrüßungssätze auf Französisch zurechtgelegt, eine dunkelrote Rose der Sorte „Marie-Claire" ruhte langstielig auf dem Platz neben mir.

Radiomusik ertönte aus dem Café bis zu mir nach draußen. Ich erkannte den Chanson gleich: es war das Liebeslied „l'amour et le plaisir en mai" von Juliette Greco. Ein Glücksgefühl durchströmte mich. Das Lied galt mir, dessen war ich mir ganz sicher.

Ich lauschte und fühlte, wie die Spannung in mir wuchs und wuchs, je näher sich der Zeiger der Uhr dem gestrigen Zeitpunkt unserer ersten Begegnung näherte. Ich hatte schon meine dritte Tasse Café au lait getrunken, als die Glocke der kleinen Kapelle auf der anderen Seite des Platzes endlich vier Mal anschlug.

Ich stellte mir vor, wie sie schnellen Schrittes über den kleinen Platz auf das Café zuging, mich erspähte, ihre Hand zu einem kleinen anmutige Gruß des Wiedererkennens hob, wie ich aufstand, um ihr die Rose zu überreichen und einen Platz mir gegenüber anzubieten und in ihre braunen Augen zu schauen, das ebenmäßige schmale Gesicht mit einem Blick zu umfangen, den Zauber ihrer schmalen Gestalt in mich aufzunehmen, den Duft zu spüren, der sie umwehte.

Aber sie kam nicht. Nicht quer über den Platz, nicht von der Seite oder aus dem Inneren des Cafés heraus. Ich wartete wohl fast zwei Stunden, doch ihr ausersehener Platz mir gegenüber blieb leer. Hatte ich ihre Handbewegung bei Ihrem Abschied missverstanden? Hatte sie sich mit mir ganz wo anders verabredet? War der Grund für Ihr Ausbleiben an diesem Ort zu dieser Stunde in der Notiz auf dem Zettel verborgen?

Warum hatte sie mir dieses Papier denn sonst überreicht? Das musste die Erklärung für ihr Ausbleiben sein. Ich hatte das einfach nicht richtig verstanden.

Traurig, aber doch ein wenig erleichtert über meine Erkenntnisse machte ich mich auf den Weg in unser Quartier. Beim Abendbrot vermied es Beatrice wie schon am Tag zuvor, ihren gewohnten Platz neben mir einzunehmen. Sie war also doch eifersüchtig, dachte ich bei mir.

Später am Abend fasste ich mir ein Herz und sprach meinen Klassenlehrer an. Ich schilderte ihm in groben Zügen das Erlebte, wobei ich das geplatzte Date von heute Nachmittag ausließ, auch die Reaktion von Beatrice verschwieg, denn ich wollte meine Überlegungen über eine mögliche Eifersuchtstat nicht preisgeben. Mein Klassenlehrer versprach mir hoch und heilig, das auf dem Zettel aufgeschriebene wie ein berufsmäßiger Dolmetscher ganz neutral und ohne Emotionen zu übersetzen.

An seinem Verhältnis zu mir sollte sich nichts ändern, gleich welche Botschaft auf diesem Papier zu lesen sei.

Zögernd und etwas beklommen zog ich den zusammengefalteten Zettel aus der Tasche und reichte ihn meinem Lehrer. Er entfaltete ihn, stutzte und starrte fassungslos auf das Stück Papier. Mit einem enttäuschten Gesichtsausdruck reichte er es mir wieder zurück, wobei er mich fragte, ob ich ihn mit meiner blödsinnigen Geschichte wohl auf den Arm nehmen wollte. Nun verstand ich gar nichts mehr.

Ich starrte auf den Zettel: Er war leer.

Nichts war darauf zu lesen. Was ich in meiner Hand hielt, war ein gefaltetes kleines unbeschriebenes Blatt Papier, von einer handschriftlichen Notiz keine Spur. Sollte ich den Zettel vertauscht haben? Hastig durchsuchte ich meine Jacken- und Hosentaschen. Doch der beschriebene Zettel ließ sich nicht finden.

Mir schwirrte der Kopf: wo kam plötzlich dieser leere Zettel her? Hatte vielleicht meine Klassenkameradin in einem unbeobachteten Augenblick die Zettel vertauscht? Das konnte nicht sein, denn ich hatte sie keine Sekunde aus den Augen gelassen. Oder war das doch der Zettel, den mir Marie-Claire hatte zukommen lassen? Hatte sie ihn vielleicht mit Geheimtinte beschrieben, die sich nach einiger Zeit von selbst auflöste? Hatte sie sich mit mir einen Jux machen wollen?

Ich war wie versteinert. Ich konnte keinen klaren Gedanken mehr fassen. Als Marie-Claire auch am nächsten Tag nicht erschien, verzog ich mich in meinen stillen Winkel und gab mich für den Rest der Reise meinem Liebeskummer hin. Am Ende glaubte ich, ein bedauernswertes Opfer einer Illusion gewesen zu sein.

Epilog

Beatrice übrigens wurde später meine Frau. Ich habe von ihr nie erfahren, was auf dem Zettel von Marie-Claire geschrieben stand. Ich habe sie auch nie mehr danach gefragt.

Das ist auch besser so.

Der Zeugenbeweis

Ich war mit meinem PKW im morgendlichen Berufsverkehr auf dem Weg zu meiner Arbeitsstelle in der Innenstadt.

Je näher ich meinem Ziel kam, desto stockender gestaltete sich das Fortkommen. Ampel reihte sich an Ampel. In Sichtweite meiner Dienststelle angekommen, begann die tägliche Suche nach einem Parkplatz. Meistens hatte ich Glück und konnte die Ausgaben für einen kostspieligen Stellplatz im nahe gelegenen Parkhaus vermeiden.

Endlich erspähte ich einen freien Platz am Straßenrand. Gerade als ich mit der Front meines BMW hineinfahren wollte, setzte ein vor mir haltender Mercedes Benz an, rückwärts in dieselbe Parklücke einzufahren.
Zentimeter um Zentimeter näherten sich unsere Fahrzeuge, bis sich unsere Stoßstangen fast berührten.

Nun standen wir beide je fast zur Hälfte in der Parklücke. Jedenfalls fast. Als mein Kontrahent keine Anstalten machte, mir das Feld zu überlassen, obwohl ich nach meiner Auffassung früher da gewesen und schon den größeren Teil der Freifläche eingenommen hatte, stieg ich aus.
Mein Vordermann tat dasselbe und wir gingen die paar Schritte aufeinander zu. Bald standen wir einander Auge in Auge gegenüber.

„Wenn Sie nicht sofort den Platz räumen, der mir zusteht, dann muss ich andere Saiten aufziehen", herrschte mich der Mercedesfahrer an.
Ich versuchte, ihm im ruhigen Ton mein Vorrecht an dem Parkplatz zu begründen, doch ohne Erfolg.

Ein Wort gab das andere und bald war ein handfester Streit zwischen uns im Gange, wer ein Anrecht auf den Parkplatz hätte. Der Ton zwischen uns wurde lauter und schärfer. Wir nahmen eine drohende Haltung an.

Die Fäuste zur Abwehr eines möglichen Angriffs des Gegenüber erhoben, musterten wir uns mit finsteren Blicken. Handgreiflichkeiten rückten in greifbare Nähe.

Inzwischen waren auf dem Bürgersteig Passanten stehen geblieben, die teils belustigt, teils kopfschüttelnd der Auseinandersetzung zwischen meinem Gegenüber und mir folgten.

Endlich löste sich ein jüngerer Herr mit Aktentasche aus der Menschentraube und sprach mein Gegenüber mit dem Mercedes-Benz an:
"Sie waren zuerst da. Ich habe es genau gesehen. Ich kann das bezeugen. Sie können auf mich zählen."

Eine Frau mit Hut mischte sich ein: "Nein, der Herr mit dem BMW war zuerst da. Der darf zuerst reinfahren."

Ein älterer Mann im Mantel schüttelte anhaltend den Kopf:
"Ich habe genau beobachtet, wieder der Herr im BMW den Mann im Benz genötigt und mit Schlägen gedroht hat. Das kann ich notfalls auch vor Gericht bezeugen".

"Das stimmt nicht", ereiferte sich eine junge Dame im Anorak, die sich erst jetzt zu der Menschengruppe gesellt hatte:
"Dieser Mann da" - und ihr Finger zeigte auf mich, den BMW-Fahrer - ,"hat zuerst seinem Gegenüber einen Schubs gegeben. Dabei ist der Mercedes-Fahrer im Recht."

"So ein Blödsinn", entfuhr es dem ältere Mann mit einer Zeitung in der Hand: "Der Mercedesfahrer hat zuerst seinem Gegenüber einen Stoß vor die Brust verabreicht, der BMW-Fahrer hat sich nur verteidigt. Und eine Schramme hat der Benz dem BMW auch zugefügt. Da sehen Sie mal", fuhr er zur Menschenansammlung gewandt fort, indem er triumphierend auf eine Schramme am linken Kotflügel des BMW zeigte.

Er reichte mir seine Visitenkarte, die er aus seiner Brieftasche herausgeholt hatte: "Hier ist meine Visitenkarte", sagte er mit fester Stimme, wenn Sie mich als Zeugen vor Gericht benötigen. Ich stehe Ihnen zur Verfügung".

Mein Gegenüber war fassungslos. Die junge Dame im Anorak tröstete ihn: "Machen Sie sich keine Sorgen. ich stehe zu Ihnen. Sie haben nichts verbrochen. Die Schramme war sicher vorher schon da. Und ihre Verletzung von dem Stoß heilt bald wieder."

Wir Kontrahenten hatten während der Zeugenaussagen langsam unsere Fäuste gesenkt und schauten uns schweigend an.

"Wie unschuldig er tut", ereiferte sich ein Pärchen, das sich bisher nicht eingemischt hatte. "Typisch Mercedes-Fahrer. Geben nichts zu und nicht nach. Diesen arroganten Schnöseln sollte man den Führerschein wegnehmen."

„Das gilt wohl für alle beide", mischte sich ein junger Mann ein, weiter an seinem Brötchen kauend.

Als wir immer noch untätig und schweigend da standen, begann sich die Menschenansammlung langsam aufzulösen.

Ein Herr sagte im Weggehen zu seiner Partnerin: "Ich glaube, der BMW-Fahrer hätte bei einer handgreiflichen Auseinandersetzung gewonnen."

Bald waren mein Gegenüber und ich allein.

Als wir sicher sein konnten, dass uns niemand mehr zusehen konnte, drückten wir uns fest die Hand.

"Klaus", sagte ich, "das ist ja großartig gelaufen, besser als wir es uns erhoffen konnten. Niemand hat unser Schauspiel durchschaut. Nun

haben wir genug Stoff für unser Referat auf dem Verkehrsgerichtstag über die Qualität von Zeugenaussagen im Straßenverkehr.
Das werden die Richter bei Gerichtsverhandlungen in Straßenverkehrsangelegenheiten wohl besonders berücksichtigen müssen!"

Der Flug des Albatros

Mirko hatte seine Abendmahlzeit beendet. Er sah sich noch einmal in seinem Urlaubsquartier um, das er vor kurzem bezogen hatte. Nach seinem letzten Aufenthalt im vorigen Jahr war es von den Eigentümern nämlich renoviert worden. Denn über dem Sofa hing jetzt ein Foto eines Gebirgsmassivs, das ihn an seine Jugendzeit erinnerte. Es zeigte die Ötztaler Alpen mit dem imposanten eis- und schneebedeckten Gipfel des Similaun und seine im Sonnenlicht glitzernden Nordflanke, eine Wand aus Eis.

Es war lange her, dass er diesen Berg mit seinem Freund über die gefährliche Nordflanke bestiegen hatte. Als Eiskletterer waren sie beide unterwegs gewesen bis zu dem Tag, als das Unglück geschah.

Seit diesem Tag verbrachte er sein Leben in einem Rollstuhl, von der Hüfte abwärts so gut wie gelähmt. An guten Tagen konnte er sich mit seinen stets mitgeführten Gehstöcken ein paar Meter fortbewegen, was bei Behördengängen und in Restaurants sehr nützlich war.

Sein Blick glitt über die Terrasse und den Strand zum Meer, wo die untergehende Sonne schon fast den Horizont berührte.

Er konnte durch die offene Terrassentür das Brandungsgeräusch hören. Ein steifer Ostwind hatte die Dünung zu kleinen Wellenbergen aufgetürmt, die mit Schaumkronen in schneller Folge dem Strand zustrebten, sich überschlugen und mit ihren Ausläufern die Sandflächen weit hinauf liefen.

Er war startbereit. Die vom Pflegepersonal montierte Rampe ermöglichte ihm in seinem Rollstuhl mit Handkurbelantrieb den Weg zur Strandpromenade. Schon vom Bergsteigen her und danach in der langen Zeit im Rollstuhl hatte sich seine Armmuskulatur kräftig entwickelt, sodass er mit großer Ausdauer weite Strecken zurücklegen konnte. Das musste ihm zupass kommen.

Heute war sein Tag, an dem er sich seinen Traum erfüllen würde. Während er sich die Promenade entlang bewegte, beachtete er die Blicke der ihm begegnenden Menschen nicht, die ihn sicher wie überall teils mitleidig, teils gleichgültig beobachteten, schnell wegschauen oder gar keine Notiz von ihm nehmen würden.

Die Promenade endete in einem aus Betonplatten zusammengesetzten Weg, der erst durch einen Wald und dann über den Stand direkt ins Meer führte.

Er hatte diesen Weg schon bei seinem letzten Aufenthalt entdeckt und war erleichtert, dass es ihn noch gab.

Langsam rollte er auf den Platten dahin, bis die Räder des Rollstuhls strandabwärts den Wassersaum berührten. Der Ausläufer der ersten Welle schlug gegen seine Füße, der zweite gegen seine Schienbeine. Er fuhr auf den Platten weiter, das zu seinem Erstaunen recht warm war. So ganz gefühllos waren seine relativ ungebräuchlichen Gehwerkzeuge ja nicht, ging es ihm durch den Kopf. Er lächelte. Wenn seine Frau ihn so sähe, dachte er. Sie hatte ihn ein Jahr nach seinem Unfall verlassen. Seitdem war er allein geblieben.

Sein Blick schweifte über das Meer.

Kite-Surfer auf ihren Surfbrettern von Welle zu Welle hüpfend, durchfurchten die aufgetürmte Dünung. Fest auf ihrer Unterlage verankert vertrauten sich die Wassersportler den von ihren Händen gehaltenen Lenkdrachen an, die sie mit hoher Geschwindigkeit über das Wasser peitschten.

Möwen zogen mit schrillen Rufen über die Meeresoberfläche, gefolgt von einer Schar von Schwänen, die mit sirrenden Schwingen dem nahen Naturschutzgebiet zustrebten, wo sie Ruhe und Nahrung fanden.

Ein Albatros müsste man sein, dachte er, mit noch viel ausladenden und mächtigeren Flügel ausgestattet, um sich in große Höhen aufschwingen zu können, völlig losgelöst von der Erdenschwere.

Mirko glitt langsam weiter vorwärts, bis die Wellen sein Becken umspülten. Letzte Nacht hatte er wieder von den Albatrossen geträumt, die fast die gesamte Zeit ihres Lebens in der Luft verbringen. Majestätische Vögel mit übergroßer Flügelspannweite, als Meister des Gleitflugs bekannt, die jeden Windhauch ausnutzten, um in der Luft zu bleiben, denn an Land waren sie unbeholfen. Lange Strecken benötigten sie für ihre mühsamen Starts und Landungen. Kein Wunder, dass die Luft ihr Element war.

Einmal fliegen zu können, das war sein Traum. Nicht geflogen werden wie hierher an seinen Urlaubsort. Nein, selbst zu fliegen, völlig losgelöst von der Erde. Das würde er heute versuchen.

Wellenspritzer hatten sein Gesicht mit Salzwasser benetzt, wie er mit seiner Zunge schmeckte. Das Wasser reichte ihm inzwischen bis zum Brustkorb. Er ließ die Handkurbel los und sich dann langsam vornüber fallen. Mit kräftigen Armschlägen kraulte er von seinem Gefährt weg und schwamm, nur von seinen Armen vorwärts bewegt, auf das offene Meer hinaus. Er spürte seine Kraft und hatte Freude an seinen weit ausholenden Schwimmzügen, die ihn bald weit weg vom Ufer brachten. Fliegen können, ging es ihm durch den Kopf, fliegen können und alles zurücklassen, was einen an die Erde band: Die Unbeweglichkeit, den Körper, die Erdenschwere in seinem Bewusstsein. Alles loslassen.

Er fokussierte seine ganze Kraft auf seine Arme und drückte sich mit aller Energie so weit aus dem Wasser, wie er es vermochte. Als er wieder zurück fiel, versuchte er es ein zweites Mal, dann noch einmal und immer wieder.

Und plötzlich spürte er in der Aufwärtsbewegung mit ausgebreiteten Armen seinen Körper nicht mehr, keinen Sog mehr von unten, keine Wasserfesseln, keine Schwere. Denn zu seinem ihn fast überwältigenden Erstaunen hatten sich seine Arme in ausladende Flügel mit einem langstieligen Gefieder verwandelt.

Mit mächtig ausholenden Schwüngen flog er dahin, schraubte sich dann wie ein Albatros in ausgedehnten Spiralen immer höher, bis er hoch über dem Meeresspiegel, nur von seinen Armflügeln getragen, wie schwerelos dahin glitt.

Ein unglaubliches Glücksgefühl durchströmte ihn, als er weit unter sich die Möwen und die Schwäne dahin ziehen sah und die immer kleiner werdenden Menschen auf der Strandpromenade wahrnahm.

„Über den Wolken muss die Freiheit wohl grenzenlos sein", dieser Liedtext von Reinhard Mey ging ihm nicht aus dem Kopf.

Ob die Menschen ihm wohl nachblickten, dachte er, als der Wind von ihm Besitz ergriff und ihn mit sich nahm.

Wie die Insel Walfisch zu ihrem Namen kam

In der Geschichtsschreibung über die Stadt Wismar wird berichtet, dass die in der Wismarbucht gelegene kleine Insel ihren Namen Walfisch dafür bekam, dass ihre Form diesem Meeressäuger ähnelt.

Dass sich das mit der Namensgebung ganz anders verhält, ist einem vergilbten Brief zu entnehmen, den ich in der Hansestadt Lübeck beim Entrümpeln der Wohnung meiner Tante auf dem Dachboden fand.
Der besagte Brief befand sich mit anderen Schriftstücken in einer Schatulle und war von einem Vorfahren meiner Tante, dem Kaufmann Henry Plessow aus Wismar mit Datum 16. Juli 1627 an seinen Enkel Johann Plessow in Lübeck gerichtet.

Der Text, in altdeutscher Handschrift und mit dem Familienwappen der Plessows gesiegelt, wurde von mir ins Neudeutsche übertragen und mit den Ortsbezeichnungen unseren Ausdrucks- und Schreibweisen angeglichen, ohne den Inhalt in der Substanz zu verändern.

Der Brief lautet wie folgt:

„Lieber Johann,

ich muss Dir von einem Erlebnis berichten, was Dich in Erstaunen versetzen wird. Du erinnerst Dich doch sicher an das Handelsschiff die Feute Nautica, einen Nachfolgebau der Hansischen Kogge, mit der ich letztes Jahr zu Dir nach Lübeck geschippert war, um Geschäfte abzuschließen.
Nun, vor kurzem war ich mit diesem Schiff in Bremen. Ich hatte dort eine größere Menge Wein, Rum, Tee und Gewürze geordert, die für mein Kontor am Hafen von Wismar bestimmt waren.

Nach der Verladung stachen wir in See und wollten den Seeweg über die Nordspitze Dänemarks, dann durch den Skagerrak, das Kattegat, den Samsö und Store Belt an Fehmarn vorbei nach Wismar nehmen.

In Höhe der am Meer gelegenen Siedlung Thyborön im Norden Dänemarks machte der Ausguck der Nautica am frühen Morgen eine seltsame Entdeckung. Ein Walfisch näherte sich von der offenen See her und hielt direkt auf unser Schiff zu, anstatt an ihm vorbei zu schwimmen. Als er es erreicht hatte, drehte er bei und folgte dem Schiff, wohl aus einer Laune heraus.

Als am nächsten Morgen mitten im Skagerrak der Wal immer noch hinter der Nautica her schwamm und auch die folgende Tage nicht vom Heck des Schiffes wich, beschloss man an Bord, diesen großen Fisch als Sehenswürdigkeit mit nach Wismar zu locken. Fast hätte man das mit kleinen über Bord geworfenen Lebensmitteln und Leckereien geschafft, doch in Höhe der kleinen Insel in der Wismarbucht verließ der Walfisch das Kielwasser der Nautica und verschwand schnaubend und prustend hinter der Insel.

Die Mitglieder der Mannschaft, die nach der Anlandung den zum Kai geeilten Bürgern der Stadt von dem seltsamen Begleiter ihrer Fahrt berichteten, stießen mit ihrem Erlebnis auf Unglauben. Man hielt das für das übliche Seemannsgarn, mit dem der öde Alltag an Bord zu einer aufregenden Reise mit außergewöhnlichen Abenteuern dramatisiert werden sollte.

Das Unglück wollte es, dass just zur gleichen Zeit, da unser Handelsschiff im Hafen festgemacht hatte, in der Bucht von Wismar ein Piratenschiff mit einer riesigen Totenkopfflagge am Hauptmast auftauchte.

Die mit Batteriegeschützen bewaffnete Fregatte sollte - wie sich später herausstellte - für den König Christian IV. von Dänemark in Wismar schnelle Beute machen und von der Kaufmannschaft sowie den Stadtvätern ein hohes Lösegeld abpressen.

Als das Freibeuterschiff die Insel in der Bucht passiert hatte und Kurs auf den Hafen von Wismar nahm, waren viele Bürger der Stadt am Hafen zusammen gelaufen, um sich das Schauspiel anzusehen. Doch der erste Kanonenschuss, der ohne größeren Schaden anzurichten über das Wasser heranpeitschte, ließ sie schnell in ihre Häuser flüchten und Vorbereitungsmaßnahmen gegen eine Plünderung treffen.

Nachdem die Fregatte mit ihren Geschützen ihre erste groß- und breitflächige Salve abgefeuert hatte, die im Hafen beträchtlichen Schaden an einigen Hafenspeichern,

Schiffen und Bürgerhäusern anrichtete, entdeckte man an von Land aus etwas Erstaunliches. Obwohl die See ruhig war, dümpelte der Freibeuter plötzlich wie bei einem schweren Seegang auf und ab, rollte und schlingerte von einer Seite zur anderen und die schwarzen Segel, eben noch von der achterlichen Brise gespannt, fielen in sich zusammen. Die nächste Salve ging demzufolge Richtung Himmel und die Kanonenkugeln klatschten weit außerhalb des Hafens ins Wasser.

Als das Rollen und Schlingern auch nicht aufhörte, sondern sich noch verstärkte, drehte das Piratenschiff endlich ab und verschwand unverrichteter Dinge hinter dem Horizont.

Die Bürger der Stadt, die diese Geschehnisse beobachtet hatten, konnten sich zunächst keinen Reim auf das aus heiterem Himmel einsetzende Schlingern und Rollen des Piratenschiffs machen, das seinem Ziel doch schon so nahe gekommen war.

Ein Ruderboot, das sich von der Insel aus mit zwei Personen an Bord näherte, und am Kai fest machte, brachte die erhoffte Aufklärung. Die neugierigen Bürger strömten zusammen und lauschten zunächst zweifelnd dann staunend dem Bericht der beiden Soldaten, die auf der Insel ihren Wachtdienst verrichteten.

Als nämlich das Piratenschiff die Insel passiert hatte - so begannen sie ihre Schilderung des Erlebten - sei ein großes Meeresungeheuer, das sie noch nie zuvor gesehen hätten, hinter der Insel aufgetaucht und habe Kurs direkt auf den Freibeuter genommen. Es erreichte das Schiff in dem Moment, als dieses gerade ihre erste Salve Richtung Wismar abgefeuert hatte.

Der fischähnliche Koloss sei dann schnaubend und prustend längsseits des Schiffes geschwommen und habe mit seiner zweiflügeligen mächtigen Schwanzflosse so heftig auf das Wasser geschlagen und gepeitscht , dass die dadurch erzeugten Wellen das Piratenschiff hoch gehoben und in ein immer mehr zunehmendes Schlingern und Rollen versetzten, sodass mit lautem Getöse nach und einige Geschütze vom Zwischendeck ins Wasser plumpsten. Ein fester auf das größte schwarze Segel gerichteter Wasserstrahl aus einer Öffnung auf der Oberseite des Seeungeheuers habe dieses zum Zusammenfallen gebracht, sodass das Schiff kaum mehr zu steuern war.

Immer wieder habe das Seeungeheuer mit seiner Flosse so lange auf das Wasser gepeitscht und seinen Wasserstrahl auf die Segel gerichtet, bis der Pirat abdrehte und das Weite suchte.

Atemlos und mit andächtigem Staunen hatte man dem Bericht der beiden Wachtposten zugehört, der sich mit den Beobachtungen von Land aus weitgehend deckte. Nun hatte man endlich eine Erklärung für das Abdrehen des Freibeuters, der übrigens nicht wieder zurückkehrte. Auch der Walfisch wurde nicht mehr gesichtet, so oft man auch nach ihm suchte.

Man hörte später von Gerüchten, die Wismarer hätten vor ihrem Hafen eine Wasserbarriere errichtet, die ihn uneinnehmbar machen sollte.

Aus Dankbarkeit für diese heldenhafte Tat beschlossen die Stadtväter, dem Walfisch ein Denkmal zu setzen. Und so beschlossen sie auf meinen Vorschlag hin, die Insel in der Wismarbucht, die Jahrzehnte lang den Namen "Holm" trug, nunmehr auf den Namen Walfisch zu taufen.
Und das war gut so, denn die Form der Insel ähnelte in verblüffender Weise einem Wal, was niemand zuvor aufgefallen war..

In Liebe
Dein Großvater Henry "

PS: Deine Großmutter und ich freuen uns schon auf Deinen nächsten Besuch bei uns in der Altböterstraße.

Nexus 4780

Ich war kurz nach Sonnenaufgang am Ostseestrand von Groß Schwansee unterwegs, um von der Meeresbrandung angeschwemmte Fossilien wie versteinerte Belemniten, Korallen, Schwämme oder Seeigel zu suchen, bevor die Profisammler unterwegs waren.

Als ich zum Strand hinunter ging, entdeckte ich eine im Sand sitzende Gestalt, die einen Aluminium-Koffer neben sich abgestellt hatte.

Ohne mir weitere Gedanken über die frühe Begegnung zu machen, trat ich, wegen der frostigen Temperatur dick vermummt, meinen Suchgang an.

Als ich nach etwa zwei Stunden zu meinem Ausgangsort zurückkehrte, saß die Gestalt immer noch an dem Platz, wo ich sie verlassen hatte.

Mir fiel auf, dass sie in leichte Sommerkleidung gehüllt war, schien aber trotz der morgendlichen Kühle nicht zu frösteln. Das machte mich stutzig.

Neugierig geworden trat ich auf sie zu und entdeckte Erstaunliches.
Es war die Haut, die sich faltenlos und glatt wie eine Kunststofffolie über den glatzköpfigen Körper spannte und in einem makellosen braunen Teint glänzte.
Aus einem ebenmäßigen Gesicht, in dem kein Mienenspiel zu erkennen war, blickten mich zwei eisgraue Augen an.

Ehe ich etwas sagen konnte, spürte ich ein seltsames Summen in meinem Kopf und wie in meinem Gehirn Gedanken entstanden und sich zu Worten formten, die nicht von mir stammten.

"Sie müssen nichts sagen", las ich von meinem inneren Auge ab, "ich kann mit Ihnen durch Gedankenübertragung kommunizieren. Sie können das auch mit mir! Wenn Sie das verstanden haben, nicken Sie einfach."

Verblüfft richtete ich meine Augen auf mein Gegenüber und nickte.

Dann formulierte ich in meinem Kopf einen Gedanken, konzentrierte mich auf mein Gegenüber und bat ihn ebenfalls um ein Zeichen, wenn der Satz auf dem spirituellen Übertragungswege bei ihm angekommen wäre.

Als auch er nickte, wusste ich, dass unsere sprachlose Kommunikation funktionierte.

"Ich erkläre Ihnen gern wie es funktioniert", formulierte es in meinem Kopf, "ich besitze einen Transmitter, der die Sprache in einen Binärcode zerlegt und wie bei einem Computer bei der Ausgabe wieder zu Sprache zusammensetzt."

Ich nickte, Verständnis signalisierend.

"Sie sind das, was wir ein Alien nennen?", dachte ich ihm zu.
Als er nickte, fuhr ich mit meinem Gedankenfluss fort: "Und wo kommen Sie her?"
"Aus einer Galaxie, die - wie Sie es auf der Erde nennen -, viele Lichtjahre entfernt ist. Der Name wird Ihnen nichts sagen. Übrigens nennt man mich zuhause Nexus 4780."

Ich transportierte im Gegenzug meinen Namen auf dem Gedankenwege zu ihm hinüber. Ich sah, dass er mich verstanden hatte.

"Aber wie kommen Sie hierher? Ich sehe kein Raumschiff!"

Ich spürte, wie er mit seiner Antwort zögerte. Aber dann verriet er mir, dass er gedankenschnell aus einer in eine andere Dimension wechseln und auf diese Weise in Sekundenbruchteilen Entfernungen bis 1000 Lichtjahren überwinden könne.

Als ich ihm meine Zweifel an seiner Aussage übermittelte, war er auf einmal verschwunden. Nur eine Delle im Sand blieb von ihm zurück. Noch ehe ich Luft holen konnte, um das Erlebte zu verarbeiten, saß er wieder mit dem Koffer an seinem Platz, als ob nichts geschehen wäre.

Mein Gedankenpartner ließ in meinem Gehirn die Gedankenbotschaft entstehen, dass er eigentlich eine Maschine mit unendlich vielen Schaltkreisen und Datenbahnen sei, die wir Erdenbewohner Roboter nennen würden. Um niemand zu erschrecken, habe er Menschmaschinengestalt wie ein Android angenommen.

Als er meine erneuten Zweifel spürte, fuhr er fort: "Die Konstruktion meiner Erbauer ist auf meinen unbegrenzten Einsatz im Universum ausgerichtet und ermöglichen mir eine Anpassung in der äußeren Gestalt an alle vorgefundenen Situationen und Begegnungen, wozu auch die mentale Kommunikation mit organischen, biologischen und technischen Wesen gehört. Haben Sie das verstehen können?"
Ich nickte.

"Ist das Ihr erster Besuch auf unserem Planeten?", fragte ihn mein Gedankenstrom. Er schüttelte den Kopf. "Ich war schon in einigen Städten. Aber da habe ich mich nicht wohl gefühlt. Da ist es laut und hektisch, die Menschen kümmern sich nur um sich, sind auf ihren Vorteil aus. Arbeit, Geld, Konsum, Freizeit sind ihre wichtigsten Beschäftigungen.
Das ist uns Galaxianern alles fremd.

"Und was machen Sie hier am Strand von Groß Schwansee?", fragte ich.

"Dasselbe wie Sie. Ich sammle Fossilien. In allen Galaxien. Wir sind sehr daran interessiert, wie sich das Universum entwickelt hat.

Übrigens: Die Bewohner der Erde sammeln ja auch Fossilien, sogar Gesteine vom Mond, von Kometen und vom Mars."

Er öffnete seinen Koffer, der mit Versteinerungen reichlich gefüllt war. Nur einen Seeigel sah ich nicht darin.
Ich kramte in der Tasche meiner Windjacke und förderte einen versteinerten Seeigel zutage, den ich auf meiner Suche gefunden hatte.
"Der ist 150 Millionen Jahre alt", ließ ich ihn per Gedanken zukommen.

"Er lächelte: So jung? So etwas Schönes habe ich noch nie gesehen", sandte er mir in mein Gehirn.
"Dann schenke ich Ihnen dieses Stück für die Sammlung in Ihrer Galaxie", gab ich zurück."

Täuschte ich mich, oder entdeckte ich ein Lächeln in seinem Gesicht? Er bedankte sich und verstaute das Fossil in seinem Koffer.

Dann sandte er mir einen Gedanken zu, der mich traurig stimmte: „Ich hätte den Gedankenaustausch mit Ihnen gerne fortgesetzt, aber soeben hat sich das Raumfenster zur Dimension meiner Heimat-Galaxie geöffnet. Ich muss Sie jetzt verlassen."

Eine Sekunde später war er verschwunden und ließ mich etwas benommen von dem Erlebten und mit der Delle seines Sitzplatzes im Sand zurück.
Als ich weiter gehen wolle, glaubte ich, auf der von Nexus verlassenen Sitzfläche etwas im Sand gesehen zu haben. Als ich mich der Stelle näherte, entdeckte ich zwischen dem Strandhafer einen Stein in der Größe eines Tischtennisballes, dessen glatte dunkelblaue Oberfläche mit goldfarbenen Marmorierungen verziert war.
Auf den ersten Blick ähnelte er in seiner Struktur, seiner Farbgebung und Verzierung einem Lapislazuli, aber sicher war ich mir nicht.
Ein Geologe, dem ich später den Stein zur Untersuchung übergab, überraschte mich mit der Auskunft, dass dieses Mineral in seiner Zusammensetzung nicht von der Erde stammen könne.

93

Auf seine Frage, wie ich in den Besitz dieses Minerals gekommen sei, gab ich ihm eine ausweichende Antwort.

Hatte Nexus diesen Stein vergessen oder mir als Geschenk hinterlassen? Hinter dieses Geheimnis bin ich bis heute nicht gekommen.

Steine können reden

Bei einer Wanderung am Strand von Groß Schwansee entdeckte ich, am Meeressaum, verweilend ein Pärchen, das angestrengt auf das Meer hinausblickte. Sie mochten beide um die 50 Jahre alt sein, von hagerer Gestalt, für eine Strandwanderung etwas zu elegant gekleidet, also offensichtlich Gäste des Schlosshotels Groß Schwansee.
Ich gesellte mich zu ihnen und blickte wie sie angestrengt auf das Meer hinaus. Nach einer Weile sagte ich leise vor mich hin: „Herrlich, dass die Steine heute Abend endlich wieder reden. Das haben sie lange nicht mehr getan", und zu meinen Stehnachbarn gewandt: „Hören Sie das auch?"

Die beiden reagierten nicht gleich. Aber nach einem kurzen Augenblick wandte sich der Mann mir zu und sagte, sichtlich irritiert von meiner Ansprache: „Was sagten Sie eben? Dass die Steine reden? Ich höre nichts."

„Doch, doch", hakte ich nach. „Sie sprechen zu Ihnen. Hören Sie doch einmal genau hin. Die Strandsteine vor ihren Füßen reden."

Auch die Begleiterin des Mannes hatte sich vom Betrachten der Dünung gelöst und wandte sich mir zu: „Was sagten Sie da zu meinem Mann? Sie hören Steine reden? Das kann doch nicht Ihr Ernst sein!"

„Die Steine können reden", beharrte ich. „Sie müssen schon genau hinhorchen. Dieser rote Porphyr mit Quarz-Einsprenglingen vor Ihren Füßen zum Beispiel redet ganz deutlich."
Und mit diesen Worten verfiel ich in eine Pose angestrengten Zuhörens.

„Was erzählen Sie denn da für einen Unsinn", sprach die Dame weiter, „Steine können gar nicht reden. Das habe ich ja noch nie gehört! Ich höre jedenfalls nichts. Aber wenn ihre Steine mit Ihnen sprechen, was sagen die denn so?"

„Das sind nicht meine Steine", wies ich sie zurecht. „Aber was Sie von sich geben, können auch Sie hören. Steine sprechen übrigens zu jedem Menschen in einer ihm verständlichen Sprache! Warum sie das tun, kann ich Ihnen nicht sagen", setzte ich das Gespräch fort, „aber sie reden. Nicht immer, aber an manchen Abenden, immer nur an Abenden, so wie heute."

„Und was sagen sie so gerade jetzt, die Steine?", fragte mich der Mann mit einem höhnischen Tonfall in der Stimme.

„Ich weiß nicht, was Steine <u>zu Ihnen</u> sagen. Ich kann nur hören, was die Steine **mir** mitteilen. Sie freuen sich über die schöne Abendstimmung und das sanfte Schlagen der Wellen an den Strand. Zu meiner Freundin sprechen sie übrigens ganz anders, wenn sie mit ihr reden."
„Und da dachten sie, dass die Seine auch mit uns kommunizieren", mischte sich die Dame wieder ein.

„Natürlich", antwortete ich, „das ist so ihre Art."

„Sprechen denn alle Steine?", fragte mich der Mann listig.

„Nein", antwortete ich. „Am gesprächigsten sind die Porphyre und die Unakite, das sind die rot gesprenkelten und die dunkelbraunen mit kristallinen rhombenförmgen Quarz-Einschlüssen, die man auch Konglomerate nennt."

„Und woher wissen Sie das alles?", fragte mich der Mann voll unüberhörbarem Spott in der Stimme.

„Ich bin Geologe", gab ich zur Antwort, „da lernt man viel über Steine, ihre Zusammensetzung und ihre Fähigkeiten. Jede Art von Strandsteinen, Granite, Vulkanite, Porphyre, Unakite, Quarzite, Kalcite, Feuersteine, Sandsteine haben bei ihrer Entstehung ihre eigene Sprache mit bekommen. Diese Steine hier am Strand sind mit den letzten vier großen Eiszeiten der Erdgeschichte aus den heutigen skandinavischen Ländern mit Gletschern und Meeresströmungen als sogenanntes Geschiebe auch bis an den Strand von Groß Schwansee gelangt. Wir Menschen können Sie verstehen und sie uns wahrscheinlich auch, wenn Sie zu uns sprechen. Versuchen Sie es doch noch einmal. Ich wiederhole es gern: Sie müssen nur ganz konzentriert hinhören!"

„Sie spinnen doch", fuhr mich der Mann an, „so einen Blödsinn habe ich noch nie gehört!"

„Ich halte Ihnen einen wissenschaftlich fundierten Vortrag", antwortete ich beleidigt, „und Sie ziehen das ins Lächerliche. Hören Sie doch endlich einmal hin! Ich versuche Ihnen schon die ganze Zeit klar zu machen, dass Steine nicht von stummer anorganische Natur sind, sondern dass sie Leben in sich tragen, dass sie gesprächig sind, sich sogar untereinander über ihre Herkunftsorte und Wege durch das Meer verständigen und zu uns Menschen reden können. Nicht zu allen, sondern nur zu den Feinfühligen und Sensiblen!"
Mit diesen Worten ließ ich die Ignoranten stehen.
Im weg Gehen sah ich aus den Augenwinkeln, dass der Mann sich verstohlen zwei größere Strandsteine in die Umhängetasche steckte.
Ich lächelte. Es macht mir einfach Spaß, Menschen mit scheinbar unlösbaren Situationen zu konfrontieren.

Der Unsichtbare

Ich war schon früh aufgestanden, hatte die Terrassentür geöffnet und mich an meinen Schreibtisch gesetzt, um an einer begonnen Kurzgeschichte weiter zu schreiben.

Die Augen auf das Display des Notebooks gerichtet verspürte ich plötzlich eine Bewegung im Raum. Ich blickte auf, konnte aber nichts entdecken, was die Bewegung ausgelöst haben könnte.
Ein Windzug konnte nicht die Ursache sein, denn draußen war es windstill. So intensiv ich auch das Zimmer absuchte, ich fand nichts, was Ursache für die kleine Unruhe war. Aber jemand war da. Das spürte ich mit allen Sinnen.

Er war also wieder gekommen und hatte sich bei mir eingenistet. Eigentlich hatte ich ja mit ihm gerechnet, aber nicht so früh in diesem Jahr.
Nun würde er wieder bei mir wohnen, mich überall hin begleiten, wohin mich meine Wege auch führten. Auch nachts wäre er an meiner Seite, woran ich mich erst langsam gewöhnen musste, denn ich war gewohnt, allein zu leben.

Dass er unsichtbar war, wusste ich ja schon von früheren Begegnungen her. Auch dass er mit mir keine Gespräche führen würde. Es genügte ihm, einfach da zu sein.
Er war nicht aufdringlich und beanspruchte keinen Platz in meinem Zimmer. Still verhielt er sich und unauffällig. Das machte ihn für mich zu einem angenehmen Mitbewohner und Begleiter.

Wo er sich in den Zeiten aufhielt, wenn er nicht in meiner unmittelbaren Nähe war, wusste ich nicht. Diese Erkenntnis blieb mir wie früher sicher auch dieses Mal verborgen.

Wie lange er dieses Mal bei mir bleiben würde, konnte ich nicht abschätzen. Seine früheren Aufenthalte waren mal von kurzer Dauer, mal zogen sie sich über viele Wochen hin. Merkwürdig war, dass er manchmal plötzlich verschwand, um nach einigen Tagen unversehens zurückzukehren.

Aber eines Tages würde es wieder soweit sein. Er würde mich für einen längeren Zeitabschnitt verlassen. Ohne Ankündigung, ohne Hinterlassen einer Nachricht, wie das so seine Art war.

Ich muss noch nachholen, vom wem hier die Rede ist: Vom Sommer.

Banküberfall in der Hansestadt Wismar

Martin Müller schreckte aus seinen Gedanken hoch: die junge hübsche Bedienung vom Café am Markt in der Nähe der Tourist-Information stand vor ihm und fragte ihn nach seinen Wünschen. „Heute wieder einmal das große Frühstück bitte", murmelte er.
Sie lächelte ihn an, wie sie das nun schon seit einer Woche tat, wenn er Tag für Tag pünktlich um 8 Uhr morgens sein Frühstück in dem Café am Markt bestellte.
Sie hatte ihm gestern ihren Vornamen Katja verraten, dass sie eigentlich aus dem Klützer Winkel stammte und auf der Suche nach einem Job in Wismar gelandet war.

Martin Müller hatte sich mit seinem Vornamen revanchiert und ihr berichtet, dass er Fotograf und Journalist sei und an einem Bildband über die Ostsee-Hansestädte Lübeck, Wismar, Rostock und Stralsund arbeitete, wozu er sich täglich Notizen machte und die vor ihm auf dem Tisch liegende Spiegelreflexkamera benötigte.

Das hatte sie amüsiert, denn nach ihrer Ansicht konnte die Hansestadt Wismar trotz der Anerkennung der historischen Altstadt als Welterbe mit den anderen Welterbestätten wohl nicht mithalten.

Seine Entgegnung, dass sich nach seinen Erkundungen Wismar mit seinem hanseatischen Flair und seinen unter Denkmalschutz stehenden Bauten und seinen Sehenswürdigkeiten vor den anderen Hansestädten in Europa keineswegs zu verstecken brauche, hatte sie dann doch von seinem Vorhaben überzeugt. So hoffte er jedenfalls.

Er konnte ihr doch nicht verraten, dass er sein Leben mit Banküberfällen finanzierte.

Nach dem Erwerb eines gebrauchten Motorbootes vom Typ Silverline 22 DC war er von Lübeck nach Wismar geschippert, wo ihm der Hafenmeister einen für sein Vorhaben günstig gelegenen Liegeplatz zuwies. Da in der Sommerzeit im Alten Hafen ein reger Verkehr von Booten aller Größenklassen herrschte, würde sein Aufenthalt an Bord und sein Ablegemanöver nicht weiter auffallen. Und mit dem Klapprad an Bord würde er an Land mobil sein.

Während er bei strahlendem Sonnenschein das Frühstück genoss, das ihm Katja wenig später im Freien servierte, ging er noch einmal seinen Plan durch. Er wusste jetzt, wer die Tür der Bank auf der anderen Seite des Marktes zu welcher Uhrzeit öffnete, wer die Kundenberater waren und welche Angestellte die Kundschaft am Kassenschalter bediente.
Er konnte bei einem seiner Besuche des Geldinstituts zu seiner Genugtuung feststellen, dass die von ihm ausgesuchte Bank noch mit einem herkömmlichen Kassensystem ausgestattet war, denn die Bargeldbestände befanden sich im Zugriffsbereich der Bankangestellten und nicht in einem Geldschacht, der vom Kellerraum aus nach Bedarf bestückt wurde.

Er hatte sich für seine „Transaktion", wie er seine Aktivitäten umschrieb, den heutigen Welt- und Kinderspartag ausgesucht. Das dabei ablaufende Zeremoniell kannte er schon von einem früheren Überfall in Rathenow her. An diesem jährlich stattfindenden Ereignis brachten die Eltern mit ihren Kindern die Sparschweine zur Bank, wo sie geöffnet wurden, das Geld gezählt und auf einem Sparkonto der kleinen Kunden eingezahlt wurde.

Schon um 8.30 Uhr waren vor dem Gebäude des Geldinstituts große Plakate aufgestellt, auf denen eine Familie mit Kindern und Sparschweinen vor einem Geldinstitut zu sehen war.
Martin Müller konnte von seinem Tisch im Freien aus beobachten, dass die Angestellten mehrere Klapptische und Stühle vor der Bank postierten, auf denen sie Schminktöpfe und Handspiegel platzierten.
Man hatte sich nämlich ausgedacht, den Kinderspartag mit einem Kinderfest zu verbinden. Dabei sollten die Gesichter der Kinder und ihrer Eltern vor dem Betreten der Bank mit lustigen Figuren und Symbolen verziert werden; man versprach sich davon ein größeres

101

Interesse bei den Kindern; schließlich wollte man neue Kunden gewinnen.

Kurz vor 9 Uhr strömten die ersten Familien auf das Geldinstitut zu. Die Kinder mit ihren Sparschweinen in der Hand belagerten schnell die Schminktische. Einige der sie begleitenden Erwachsenen ließen sich nach ihren Kindern ebenfalls zum Schminken nieder.

Als der Betrieb vor und in der Bank seinen Höhepunkt erreichte, erhob sich Martin Müller langsam von seinem Platz, verstaute die Kamera in seiner großen Umhängetasche , setzte seine Sonnenbrille auf und schlenderte auf die Bank zu.

Als er sich noch einmal umdrehte, entdeckte er vor dem Café Katja, die ihm mit einem nachdenklichen Blick nachsah.

Er näherte sich einem der Schminktische, um sich dort anzustellen. Er fiel in dem Getriebe nicht weiter auf. Als er an der Reihe war, suchte er sich für beide Wangen ein buntes Krokodil und für die Stirn drei Palmen aus.

Auf die Frage der jungen Schminklady, wo sein Kind sei, wies er mit der Hand zu einer Gruppe von tobenden Jungen.

„Ach ja", begann die Bankangestellte einen Small Talk: „Die Kinder sind ja kaum zu bändigen. Mit welchen Figuren wurde denn ihr Kind bemalt?"

Er blickte auf den Schminktisch und dann auf die Muster. „Mit Dinos", entgegnete er.

„Das haben die meisten Kinder gewählt", strahlte ihn die junge Dame an, „hoffentlich finden Sie ihren Jungen schnell wieder".

Er betrachtete sich im gereichten Handspiegel. Sein Gesicht glich jetzt dem der Erwachsenen, aufs Haar, die auch mit drei Palmen und zwei Krokodilen geschminkt waren.

Dann betrat er die Bank. Niemand von den Anwesenden fiel in dem Gewusel und hektischen Getriebe auf, dass er sich nicht mit einem Kind am Tresen anstellte, wo das Sparschwein geöffnet, das Geld gezählt und auf ein Sparbuch eingezahlt wurde, sondern sich gleich in die Schlange vor dem Kassenschalter einreihte.

Die Zeit verstrich quälend langsam. Es würde mindestens noch 10 Minuten dauern, bis er an der Reihe war. Um sich abzulenken, spielte er seinen Plan nach dem Überfall noch einmal durch: er würde ruhigen Schrittes unauffällig die Bank verlassen, das am Café abgestellte Klapprad nehmen und durch die Innenstadt über die Krämerstraße und Breite Straße zum Liegeplatz seines Bootes am Kai im Alten Hafen gegenüber dem Ausflugsschiff Hanseat radeln. Und dann würde er die Leinen los werfen und durch die Wismarbucht auf direktem Seeweg wieder nach Lübeck schippern.

In dem Moment, da nur noch ein Vater mit seinem Kind vor dem Schalter stand, holte er heimlich die Pistole aus seinem Schulterhalfter, um sie verdeckt in seinen Hosenbund zu platzieren. Es war eine täuschend echt nachgemachte Walther P 38, die - wie er aus Erfahrung wusste - allen einen gehörigen Schrecken einjagte, die in ihre Mündung blickten.

Er wusste, dass das Überraschungsmoment auf seiner Seite war. Wer vermutete schon an einem Kinderspartag mit vielen Kindern in der Bank einen Überfall.

Als er endlich die Markierung des Sicherheitsabstandes überqueren konnte und allein vor dem Kassenschalter stand, zog er blitzschnell die Pistole aus dem Bund, richtete sie auf die Angestellte und zischte ihr zu: "ÜBERFALL! Sie wollen doch nicht, dass es hier ein Blutbad unter den Kindern gibt. Alles Bargeld in Scheinen sofort durch den Schlitz schieben, zügig und unauffällig. Ich drücke sonst sofort ab. Keinen Alarm! Ich nehme andernfalls Kinder als Geisel. Das wollen sie doch nicht!"

Bündel für Bündel wanderte zu ihm rüber, während die junge Dame mit vor Todesangst aufgerissenen Augen in sein, zu allem entschlossenes, Gesicht blickte. Er hatte diesen Angst einflößenden Auftritt dutzende Male geübt, bis er ihn perfekt beherrschte. Er ließ die Geldbündel nacheinander in seine Umhängetasche fallen, dann die Pistole wieder in seinen Hosenbund gleiten, drehte sich langsam um und verließ mit einem freundlichen Gesichtsausdruck ruhigen Schrittes die Bank und steuerte auf sein abgestelltes Klapprad zu.

Beim Einbiegen in die Breite Straße hörte er von ferne die Sirenen von Polizeiwagen. Die Bankangestellte hatte natürlich einen stillen Alarm ausgelöst. Man würde jetzt fieberhaft nach dem Bankräuber suchen und eine Ringfahndung auslösen. Eine eindeutige Täterbeschreibung müsste aber unmöglich sein. Bei dem Menschentrubel würde ihn niemand zweifelsfrei identifizieren können, zumal er wie viele andere Erwachsene eine Sonnenbrille trug.
Und Katja würde so schnell auch keinen Verdacht schöpfen. Er hatte ihr angedeutet, dass er Rücksprache mit seiner Redaktion nehmen müsse.

Als er den Liegeplatz seines Bootes erreicht hatte, bugsierte er das Klapprad an Bord, verstaute die Umhängetasche in der Kajüte und startete die Maschine. Als er an Deck zurückehrte, um die Leinen los zu machen, bemerkte er zwei Männer, die direkt auf sein Boot zusteuerten. Ehe er reagieren konnte, waren die Beiden an Bord gesprungen, hatten ihm blitzartige die Arme auf den Rücken gedreht und ihm Handschellen angelegt.
„Da haben wir ihn ja, den mutmaßlichen Täter", sprach ihn einer der Männer an. Sie konnten noch nicht weit gekommen sein. Wir haben nämlich von jemand einen Tipp bekommen, der Sie von einem Café am Markt aus beobachtet hat. Wo haben Sie die Beute versteckt?"

Das konnte nur Katja gewesen sein, schoss es ihm durch den Kopf.
Martin Müller deutete mit einer Kopfbewegung Richtung Kajüte.

Als der Polizist mit der Tasche zurückkehrte, sagte er: „Sie haben eine Unterlassung begangen, die Sie uns gegenüber verdächtig gemacht hat. Sie haben kein Kind bei sich und Sie hätten sich nach dem Überfall auch wieder abschminken müssen."

Cayman Islands

Jack Kershaw schaute noch einmal zurück, bevor er seinen Chevrolet startete. Seine Villa mit dem säulenbekränzten wuchtigen Eingangsportal und dem parkartigen Grundstück würde er so schnell nicht wieder sehen. 25 Jahre hatte er mit seiner Frau hier gelebt und war von seinem Arbeitszimmer aus seinen Geschäften als Ölhändler nachgegangen. Das hatte ihm im Laufe der Jahre ein stattliches Vermögen eingebracht, das er an der Steuer vorbei illegal auf einem Nummernkonto einer Bank in George Town auf den Cayman-Islands zinsgünstig angelegt hatte. Das inzwischen angewachsene Vermögen reichte aus, ein neues sorgenfreies Leben zu beginnen.

Vorher musste er aber noch etwas Wichtiges erledigen. Er fuhr die lange Zufahrt zur Madison-Road hinunter, vorbei an den kanadischen Eichen, die in der aufziehenden Abenddämmerung noch immer ihr rotes Laub abwarfen. Der Herbst hatte sich angekündigt. „Nur nicht sentimental werden", fuhr er sich selber an, „dafür gibt es keinen Grund."

Jack Kershaw nahm die kurvenreiche, gebirgige und daher wenig befahrene Nebenstrecke über die Rocky Mountains von Crescent Junction aus zu seinem Zielort Colorado Springs. Die Sonne war untergegangen und die Nacht brach urplötzlich herein. Immer weiter führte ihn die Straße in engen Kurven bergan. Er hatte die Strecke gut ausgesucht: kein Auto war ihm bisher entgegen gekommen. Auch hinter ihm hatte er im Rückspiegel keinen Autoscheinwerfer entdecken können.

Zeit, noch einmal über alles nachzudenken.

Er hatte sich mit seiner Frau auseinander gelebt. Sie stritten sich Tag für Tag über Kleinigkeiten, wobei sie jedes Mal ausrastete und ihm die Hölle heiß machte wegen seiner Liebesaffären. Fast hätte er schon ein paar Mal wegen Marthas sich bis zur Hysterie steigernden Ausfälle die

Beherrschung verloren, aber sich im letzten Moment noch zurücknehmen können. Schließlich hatte er vor ein paar Wochen die Anwaltsvertretung von Colorado in Denver gebeten, ihm eine Scheidungsanwältin zu benennen, um eine endgültige Trennung von seiner Frau, notfalls auch gegen ihren Willen, durchzusetzen.

Rechtsanwältin Cathrin Walker, die mit der Durchführung seines Scheidungsverfahrens beauftragt worden war, entpuppte sich als eine attraktive, sportliche Mittvierzigerin, die schon nach wenigen Tagen seine Geliebte wurde. Gemeinsam hatten sie wie in einem Rausch Zukunftspläne für die Zeit nach der Scheidung geschmiedet und beschlossen, sobald wie möglich ein neues Leben mit seinem auf den Cayman Islands geparkten Geld zu beginnen. Seine Ehefrau Martha, die von dieser Geldanlage nichts wissen konnte, würde sich krank ärgern, wenn sie nach der Scheidung von seinem neuen Lebensabschnitt mit Cathrin erfuhr.

Da man nie sicher sein konnte, welche Nachforschungen die Gegenseite im Scheidungsverfahren in seinem Haus anstellen würde, hatte er seiner Anwältin den Nummerncode seines geheimen Kontos auf Cayman Islands zu treuen Händen übergeben.

Langsam näherte sich der Wagen der Stelle, die sich Jack Kershaw für sein Vorhaben ausgesucht hatte. Wenn alles erledigt war, würde er ein paar Stunden später in Colorado Springs mit der auf ihn wartenden Cathrin das Flugzeug nach George Town besteigen. Jack Kershaw war die Strecke schon einmal am helllichten Tag abgefahren, um eine geeignete Stelle zu finden. Die gebirgige, kurvenreiche und schmale Straße wies an einigen Stellen Haltebuchten auf, die mit einer Steinmauer begrenzt waren. Hier, hinter einem Arbeiterhäuschen der Straßenbaufirma Brewster Limited befand sich eine uneinsichtige Stelle, die für ihn wie geschaffen schien.

Langsam ließ Jack Kershaw den Wagen ausrollen. Er stellte den Motor ab und löschte die Scheinwerfer. Das fahle Mondlicht hüllte die

Gebirgslandschaft in ein bleiches Licht. Langsam gewöhnten sich seine Augen an das Dunkel. Kein Autoscheinwerfer war zu sehen, der das Näher kommen eines Fahrzeugs signalisiert hätte. Kein Laut war zu hören.

Es war totenstill. Langsam stieg er aus und öffnete den Kofferraum seines Wagens. Es dauerte eine Weile, bis er den unförmigen Plastiksack herausgezerrt und zur Steinmauer geschleppt hatte. Als er gerade die Last auf die Mauer gewuchtet hatte, um sie den Steilhang des Black Canyon hinab in den Taylor-River zu stoßen, wurde die Tür des Arbeiterhäuschens aufgestoßen und grelles Scheinwerferlicht richtete sich auf ihn.

Erschrocken hob er die Hände. Zwei schemenhafte Gestalten kamen rasch näher. „Sie sind verhaftet, Jack Kershaw", rief eine Stimme, die ihm bekannt vorkam. Im Lichtkegel erkannte er den Sheriff von Crescent Junction und neben ihm – Cathrin Walker.

Widerstandslos ließ er sich festnehmen.

Der Sheriff öffnete schweigend die Verschnürung des Plastiksacks auf der Steinmauer und leuchtete mit seiner Stablampe hinein. „Es ist Martha Kershaw", murmelte er mit tonloser Stimme, „mit einer Wunde am Hinterkopf, tot."

„Mit einem Mörder will ich nichts zu tun haben", schrie Cathrin mit schriller, sich überschlagender Stimme. „Ich lege auf der Stelle mein Mandat nieder!"

Jack verstand die Welt nicht mehr. Tausend Gedanken schossen ihm gleichzeitig durch den Kopf. Als er sich innerlich endlich ein wenig gefasst hatte, brach es aus ihm hervor: „Sheriff, diese feine Dame müssen sie verhaften, sie hat mich eigentlich zu der Tat angestiftet. Ich wollte das gar nicht. Aber diese Anwältin hat so lange gegen Martha gestichelt, bis ich bei einem der üblichen Streitigkeiten mit meiner Frau doch die Beherrschung verlor und ihr einen kräftigen Hieb versetzte. Dass sie dabei rückwärts stolperte und dabei mit dem Hinterkopf auf die Kante des Couchtisches fiel, konnte ich nicht verhindern. Ich sage das noch einmal, die feine Miss Cathrin Walker ist schuld. Wir hatten ein Liebesverhältnis miteinander. Wir wollten miteinander ein neues Leben auf den Cayman Islands anfangen. Cathrin hatte mir, als ich sie von dem schrecklichen Unfall in Kenntnis setzte, diese Stelle hier genannt, um Martha für immer los zu werden. Wir wollten uns ein paar Stunden später in Colorado Springs treffen, um nach George Town zu fliegen."

Die Anwältin schüttelte bei der Aussage von Jack Kershaw immer heftiger den Kopf: „Sheriff, glauben Sie Jack Kershaw kein Wort. Er hat mir erzählt, dass er seine Frau umbringen wolle, um mit mir zusammen sein zu können und mir den Tatort genannt. Ich habe sie darauf hin gleich informiert. Leider sind wir zu spät gekommen."

„Was Herr Kershaw vorbringt", fuhr sie mit eisiger Stimme fort, „sind alles Schutzbehauptungen, um mich in das Verbrechen mit hinein zu ziehen. Ich und seine Geliebte. Dass ich nicht lache! Ich Mitte 40 als Geliebte eines grauhaarigen alten Mannes, 65 Jahre alt, mit leichten Bauchansatz, das kommt doch nur in schlechten Filmen vor. Natürlich sind wir in der letzten Zeit öfter zusammen gewesen und auch gesehen worden. Schließlich habe ich ja als seine Anwältin sein Scheidungsverfahren betrieben und mit ihm über die Modalitäten verhandelt. Aber daraus ein Liebesverhältnis zu konstruieren, das ist nun doch die Höhe! Herr Kershaw leidet wohl an maßloser Selbstüberschätzung! Ich werde mir jetzt ein Taxi rufen und mich nachhause fahren lassen. Bei der Spurensicherung werde ich ja wohl nicht gebraucht."

Jack schwieg. Es hatte keinen Zweck. Er durchschaute den Plan von Cathrin.

Sie hatte mit Sicherheit vor, sich mit dem Taxi nicht nachhause, sondern zu einem Flugplatz fahren zu lassen, um in George Town sein Nummernkonto zu plündern.

Wie gut, dachte er bei sich, dass ich heute Morgen wie jeden Monat das Geld auf ein anderes Konto einer anderen Bank transferierte. Diesen

Rat hatte ihm vor einiger Zeit sein Steuerberater gegeben, dessen Freund bei der Steuerfahndung angestellt war.

Er malte sich aus, wie Cathrin in der Bank von George Town in froher Erwartung dem Bankangestellten den Nummerncode vorzeigte und erfahren musste, dass der Kontoinhaber das gesamte angelegte Geld auf ein Konto einer anderen Bank transferiert hatte.

Er hätte alles in der Welt dafür gegeben, in ihr verdutztes und zugleich wütendes Gesicht sehen zu können, wenn sie diese Hiobsbotschaft erfuhr.

Die Sache mit der Dialektik

Diese Geschichte hat sich in der Zeit des Sozialismus abgespielt, als in der DDR diese Staatsform vorherrschte. Sie wurde vom Politbüro der SED (Sozialistische Einheitspartei Deutschlands) als Vorstufe zum Kommunismus eingeführt, weil der Mensch nicht so schnell zu seinem vollständigen Glück im Kommunismus umgeformt werden konnte.

Ein zentrales Element des Gedankengebäudes des Ziehvaters des Kommunismus
Karl Marx war der dialektische Materialismus und die daraus abgeleitete Maxime, dass der Sozialismus in der Auseinandersetzung und im Wettbewerb mit der kapitalistisch ausgerichteten Marktwirtschaft seine Überlegenheit beweisen würde.

In den nicht ausbleibenden Auseinandersetzungen und Diskussionen mit den Repräsentanten des kapitalistischen Westens kam es für die Vertreter des real existierenden Sozialismus darauf an, jedes Argument aus dem bürgerlichen Lager kontradiktorisch infrage zu stellen und jede These mit einer Antithese zu widerlegen, wobei die eigene Position außer Frage stand und nicht diskutiert werden durfte.

Ein Kreissekretär der SED hatte den Auftrag, Mitglieder der FDJ (Freie deutsche Jugend - sozialistischer Jugendverband in der DDR) in Dialektik zu schulen. Da er nicht so recht wusste, wie er da vorgehen sollte, suchte er einen Professor für sozialistische Politologie und dialektischen Materialismus (DiaMat) der Karl-Marx-Universität in Leipzig auf, um sich beraten zu lassen.

Der Professor überlegte einen kurzen Moment, dann sagte er:
"Lieber Herr Kreissekretär, da Sie ein Mann der Praxis und weniger der Theorie sind, bilden wir einmal zur lebendigen Anschauung ein Beispiel, selbst erklärend, einleuchtend und nachvollziehbar. Sind Sie einverstanden?"

Der Kreissekretär nickte erleichtert und so begann der Professor seine praktische Lehrstunde in Dialektik:

„Zwei Jugendliche kommen abends in eine Jugendherberge, um dort zu übernachten. Der eine ist schmutzig, der andere sauber.
Was meinen Sie, wer von den beiden sich wäscht?"

„Der Schmutzige natürlich", antwortet der Kreissekretär.

„Das ist falsch. Nur der Saubere wäscht sich, denn er möchte sauber bleiben. Der andere nicht, denn der ist an den Schmutz gewöhnt.
Verstehen Sie jetzt was, Dialektik ist?"

„Nein."

Sagt der Professor: „Wir bilden wieder dasselbe Beispiel. Wer wäscht sich?"

Antwortet der Kreissekretär: „Wie Sie mir eben erklärt haben, nur der Saubere wäscht sich, denn der andere ist an den Schmutz gewöhnt."

„Das ist wiederum falsch", sagt der Professor lächelnd:
„Denn der Saubere ist ja sauber, der braucht sich nicht zu waschen, aber der Schmutzige wäscht sich, denn der will ja sauber werden!
Verstehen Sie jetzt was, Dialektik ist?"

„Nein, leider noch nicht", antwortet der Kreissekretär.

„Wir bilden wieder dasselbe Beispiel. Wer wäscht sich?"

„Wie Sie gesagt haben: Der Saubere ist ja sauber, der braucht sich nicht zu waschen, aber der Schmutzige wäscht sich, denn er will sauber werden!"

„Wieder falsch", meint der Professor kopfschüttelnd.

„Also: Beide waschen sich, er Saubere möchte sauber bleiben, der Schmutzige möchte sauber werden.
Verstehen Sie jetzt was, Dialektik ist?"

„Leider immer noch nicht so ganz", kommt nach einigem Nachdenken die Antwort.

„Wir bilden noch einmal dasselbe Beispiel. Wer wäscht sich?"

„Wie Sie gesagt haben: beide waschen sich: der Saubere möchte sauber bleiben, der Schmutzige möchte sauber werden."

„Das ist aber wieder falsch", sagt der Professor:
„Keiner wäscht sich: der Saubere ist ja sauber und der Schmutzige ist an den Dreck gewöhnt.
Verstehen Sie jetzt was, Dialektik ist?"

„Ja, ich glaube, dass ich jetzt verstanden habe, was Dialektik ist und wie sie funktioniert. Vielen Dank, Herr Professor!"

Da räuspert sich der Professor und sagt: „Dass Sie an Hand meines Beispiels wirklich begriffen haben, was Dialektik ist, will ich nicht so recht glauben, daher stelle ich Ihnen jetzt eine Kontrollfrage: Wir bleiben bei dem Beispiel, dass ein sauberer und ein schmutziger Jugendlicher in einer Jugendherberge übernachten wollen.
Also, wer wäscht sich von den beiden?
Wenn Sie die Dialektik verstanden haben, müssten Sie die richtige Antwort jetzt wissen."

Der Kreissekretär grübelt und grübelt, schüttelt nach einer Weile verzweifelt den Kopf und schweigt.

Da antwortet der Professor selber:
„Der Saubere wäscht sich, denn er sieht den Schmutzigen und glaubt,

113

er sei auch schmutzig, während der Schmutzige den Sauberen sieht und meint, er sei auch sauber!"

Der Kreissekretär seufzt erleichtert: „jetzt habe ich verstanden, was Dialektik ist!"

Der Frosch oder wie ich meine Frau verlor

"Gute Freunde erkennt man daran, dass sie einen erst verlassen, wenn's brenzlig wird", so sagt sarkastisch der Volksmund.

Ich wollte das erst nicht glauben, bis ich von der tieferen Wahrheit dieses Sprichworts durch ein Ereignis in meinem Leben überzeugt wurde.

Meine Frau hatte mich von einem Tag auf den anderen verlassen.

Ich konnte sie nicht von der Wahrheit meiner erlebten Geschichte überzeugen und suchte die Hilfe meines besten Freundes Erwin. Wir kannten uns schon von der Schulzeit her und hatten bis heute so manche Stürme des Lebens gemeinsam durchstanden, Freud und Leid miteinander geteilt.
Als wir beide heirateten kamen wir zwar nicht mehr so häufig zusammen, hatten uns aber geschworen, uns in Notzeiten gegenseitig zur Seite zu stehen.

Als Erwin am verabredeten Treffpunkt ankam, setzten wir uns in die nahe gelegene Kneipe, wo ich ihn mit der schrecklichen Wahrheit konfrontierte, dass meine Frau Jeanette ihre Sachen gepackt und Hals über Kopf ohne ein Wort zu sagen mich verlassen hätte. Alles Bitten und Flehen hatte nichts geholfen. Sie war weg, ohne mir wenigstens zu sagen, wo ich sie finden könnte.

Erwin, der mich während meines Bekenntnisses mit zweifelndem Blick und immer wieder kopfschüttelnd angeschaut hatte, fragte mich nach der Ursache dieses Ereignisses, er konnte sich natürlich nicht vorstellen, dass Jeanette mich so einfach und ohne triftigen Grund verlassen würde.

Ich sammelte meine Gedanken, fasste mich und berichtete:

Jeanette war auf Dienstreise und so machte ich mir vorgestern einen gemütlichen Abend in unserem Haus. Bei einem Glas Rotwein und klassischer Musik hing ich meinen Gedanken nach. Ich dachte an die lange Zeit der Ehe, die Entbehrungen, die Zeit des beruflichen und gesellschaftlichen Aufstiegs, des gemeinsam erlebten Glücks und den kürzlichen Bezug unseres Hauses.

Kurz vor dem Schlafen gehen drehte ich noch eine Runde in unserem Wohnviertel. Der leichte Regen, der schon den ganzen Tag angedauert hatte, störte mich nicht. Ich ging zügigen Schrittes unter dem Licht der Laternen Richtung Markplatz, als ich beim Halt an einer roten Ampel etwas an meinen Füßen spürte. Etwas hatte sich dort bewegt.

Im Laternenlicht erkannte ich einen kleinen Frosch, der neben meinem rechten Schuh saß und zu mir hoch blickte. Als ich die Straße bei Grün überquerte, hüpfte er im gleichen Tempo neben mir her, blieb stehen, wenn ich an einer Ampelkreuzung oder an einem Schaufenster stehen blieb, hüpfte schneller, wenn ich ihm davonzueilen versuchte. Er blieb an meiner Seite, was ich auch anstellte.

"Ungewöhnlich, nicht wahr?", forschte ich in Erwins Augen.
"Nicht unbedingt", antwortete er, "aber fahre fort. Ich hör dir zu".

Als ich wieder an unserem Hauses angelangt war, hörte ich die mit einer piepsigen Stimme gesprochenen Worte, die mir später zum Verhängnis wurden.

"Und was hörtest Du?", fragte mich neugierig Erwin.

"Nimm mich mit!", sagte der Frosch deutlich vernehmbar, antwortete ich und setzte meinen Bericht fort. „Als ich nämlich auf das Ansinnen nicht reagierte, weil ich glaubte mich verhört zu haben, wiederholte der Frosch die zuvor schon einmal gesprochenen Worte: ‚Nimm mich mit!‘ Sag mal Erwin", unterbrach ich meinen Bericht, "kannst Du diese Geschichte glauben?"

116

"Etwas ungewöhnlich ist das alles zwar", antwortete Erwin, "aber es soll ja Tiere geben, die sprechen können. Warum soll dir das nicht passieren? Der Frosch hat also wirklich so zu Dir gesprochen, wie Du mir geschildert hast?"

Als ich das bejahte, sagte Erwin mit fester Stimme: "Dann stimmt das also. Ich bin gespannt, wie das weiter geht". Gebannt hingen seine Augen an meinen Lippen.

„Da der Frosch mit seiner Bitte nicht nach ließ und es draußen immer noch regnete, erbarmte ich mich des kleinen Geschöpfes, das vor Nässe triefte.

Ich schloss die Haustür auf und setzte den Frosch, der sich im Flurlicht als grüner Laubfrosch entpuppte, auf den Teppich im Eingangsbereich und bedeutete ihm, dass er die Nacht dort verbringen könne.

Ich war müde und beschloss zu Bett zu gehen. Morgen würde ich mich um dieses seltsame Tier kümmern, das sprechen konnte.

Ich erwachte von einer Bewegung auf meiner Bettdecke. Ich schaute auf die Leuchtzeiger meiner Armbanduhr: es war Mitternacht. Erst dachte ich, meine Frau wäre früher von der Dienstreise zurück gekommen, aber als ich das Nachttischlicht einschaltete, sah ich nichts außer den grünen Frosch, der jetzt am Fußende meiner Zudecke saß und laut und deutlich sagte: Kküss mich!'

"Das ist aber eine seltsame Geschichte", entfuhr es Erwin. "Klingt ja reichlich unglaubwürdig. Und wenn Du nicht mein bester Freund wärest, würde ich keinem Wort Deiner Erzählung Glauben schenken.

Aber als Dein Freund halte ich natürlich zu Dir. Vielleicht hast Du Dir das ja auch nur eingebildet, das mit der Odyssee mit dem Frosch. Vielleich hast Du doch ein wenig zu viel von dem Rotwein getrunken, fügte er hinzu. Das wäre immerhin eine plausible Erklärung für Dein seltsames Erlebnis. Aber ich höre Dir gerne weiter zu."

Ich entgegnete ihm, dass ich nicht mehr als ein Glas Beaujolais getrunken hätte und auch sonst nicht unter Drogen stünde.

Eine Weile saß Erwin in sich versunken da, dann räusperte er sich: "Ich habe keinen Grund, Dir nicht zu glauben. Also ich bin gespannt, wie es jetzt weiter geht."

Ich fuhr hastig fort: „Jedes Mal, wenn ich es ablehnte, ihn, den Frosch zu küssen, wiederholte er seine Aufforderung. ‚Küss mich!", wobei er Stück für Stück weiter nach oben hüpfte bis er meine Schulter erreichte.
Immer wieder antwortete ich auf seine penetrant vorgetragene Bitte ihn zu küssen mit einem immer schrofferen: ‚Nein, das tue ich nicht!'.

Als das nicht half, willigte ich unter der Bedingung ein, dass er nach dem aufgezwungenem Kuss endlich Ruhe gäbe. Ich hätte ihm schließlich für eine Nacht ein Zuhause gegeben.
Ich dachte dabei an den morgigen Arbeitstag und daran, dass ich ab jetzt nur noch 3 Stunden Schlaf finden würde, weil es so spät geworden war. Also, sagte ich mit fester Stimme: ‚Ein Kuss und dann ist Schluss!'.

Dann küsste ich den Frosch und erschrak durch den gleichzeitigen Knall, der durch das Schlafzimmer dröhnte. Als ich mich von dem Schrecken erholt hatte und nach dem Verbleib des plötzlich verschwundenen Frosches forschte, entdeckte ich etwas Außergewöhnliches, das ich mir mit meinem Verstand nicht erklären konnte.
Neben mir im Bett lag eine splitternackte schöne junge Frau mit einem ebenmäßigen Körper und einer wie Seide glänzenden Haut, mit einem apfelförmigen Busen und schulterlangem blonden Haar, in das ein kleines silbernes Krönchen gesteckt war. Ihre meerblauen Augen auf mich gerichtet, lächelte sie mich verführerisch an und hauchte: ‚Danke, dass Du mich erlöst hast!'.

Eine verwunschene Prinzessin, fuhr es mir durch den Kopf- aber weiter kam ich mit meinen Gedanken nicht. Denn das Deckenlicht wurde plötzlich eingeschaltet und meine Frau Jeanette, die von ihrer

Dienstreise eher als geplant zurückgekommen war, betrat das Schlafzimmer.
Den Rest kennst Du ja."

Erwin schluckte: „Eine verzauberte Prinzessin also. Kaum zu glauben, was Dir so alles passiert. Deine Geschichte, die Du erlebt haben willst, erinnert mich an das Märchen von Froschkönig mit dem Unterschied, dass dort ein Mädchen den Frosch küsste, der sich in einen Prinz verwandelte. Na ja, warum soll es nicht auch mal ein modernes Märchen geben?"
Damit ließ Erwin seine Rede ausklingen und verfiel in ein tiefes Schweigen.
Ich konnte ihm ansehen, dass er prüfte, ob er mir glauben sollte.

Als ich ihn nach einer Weile fragte, was er von meiner Geschichte hielt, die mir ja selbst merkwürdig vorkam, schüttelte er vielsagend den Kopf: "So etwas Seltsames ist mir im Gegensatz zu Dir noch nie passiert", murmelte er leise vor sich hin.
Ich spürte, dass er irgendwie enttäuscht war.

"Was soll ich jetzt bloß machen", durchbrach ich das Schweigen, das sich zwischen uns erneut aufgetürmt hatte." Ich brauche Deine Hilfe, Erwin. Du musst meine Frau finden. Vielleicht weiß Deine Frau ja, wo sich Jeanette aufhält. Ich liebe sie doch. Du musst mit Jeanette reden und sie davon überzeugen, dass meine Geschichte mit dem Frosch wahr ist. Du glaubst sie mir ja auch, wie Du mir mehrfach zu verstehen gegeben hast."

Erwin saß regungslos da und sagte nichts. Er machte einen verstörten Eindruck auf mich.
Nach einer Weile zahlten wir schweigend unser Bier und trennten uns wortlos voneinander.

Inzwischen sind 2 Monate vergangen. Ich habe nichts mehr von Erwin gehört.

Epilog

Jeanette hat inzwischen die Scheidung eingereicht.

Seit ich mich von diesem Schock etwas erholt habe, mache ich mich Abend für Abend auf den Weg, um die unbekannte Schöne oder wenigstens den Frosch wieder zu finden.

Sie müssten doch meiner Frau die Wahrheit meiner Geschichte bestätigen können. Aber diese Hoffnung erfüllte sich bis heute leider nicht.

ICE 635 von Berlin-Spandau nach München

Es gibt viele trostlose Orte in unserem Leben: Warteflure von Finanzämtern, Einwohnermeldeämtern und Arbeitsämtern...
Es gibt aber noch andere Orte, an denen man sich nur widerwillig und nicht länger als üblich aufhält: auf den zugigen und unwirtlichen Bahnsteigen der Deutschen Bahn. Und da habe ich ein besonderes Exemplar dieser Gattung vor Augen: den Bahnhof Berlin-Spandau.
Nach der Wende mit einer wohlgefälligen Glasfassade in Gewölbeform versehen, lässt der Bau von außen nicht ahnen, was den Reisewilligen an Unzuträglichkeiten erwartet.
Einige wenige PKW Parkplätze in Bahnhofsnähe gibt es zwar, die aber trotz der angegebenen Höchstparkdauer von 20 Minuten dauernd besetzt sind. So ist ein längerer Fußmarsch mit den Tragelasten vorprogrammiert.

Die nächste unliebsame Überraschung erwartet einen am Eingang des Bahnhofs: Ein langer Tunnel, von denen Aufstiege zu den Bahnsteigen abgehen. Wohlgemerkt: Aufstiege. Steinerne Treppen, die ohne Absatz aufwärts zu den Bahnsteigen führen, keine Rolltreppen, kein Fahrstuhl, keine Kofferrampe oder Fahrradschiebeschiene.
Alles Gepäck muss der Reisende demnach zu Fuß nach oben wuchten.

An einem Sommertag des Jahres 2010 brachte ich meinen Freund aus Iffeldorf am Starnberger See, der mit mir im Literaturhaus in Berlin eine Lyrik-Lesung aus eigenen Werken absolviert hatte, zu dem für ihn am nächsten gelegenen Bahnhof Berlin-Spandau. Er wollte von dort mit dem ICE nach München zurück fahren.

Auf dem gelben Plakat mit den Abfahrtsanzeigen der Züge im Tunnel vergewisserte ich mich noch mal: "*ICE 635 von Berlin HBF nach München HBF, Abfahrt 13.35 Uhr, Gleis 4*". Dann schleppten wir beide das umfangreiche Gepäck meines Freundes die nicht enden wollende Treppe nach oben.

Auf der vorletzten Stufe angekommen hörten wir Bruchstücke einer Ansage: "*München*", und: "*Ausnahmsweise aus Gleis sechs*". Ehe wir uns versahen, kam uns schon ein Strom von Reisenden entgegen, die zielstrebig mit ihrem Reisegepäck den Weg nach unten antraten. Wir folgten ihnen und schleppten das Gepäck wieder treppabwärts, den Tunnel entlang und die Treppe zum Bahnsteig sechs wieder hinauf.

Als wir auf die Ankunft des Zuges warteten, schaute ich mir die Umstehenden etwas näher an: Eine schweigende Phalanx von Menschen säumte den Bahnsteig, mit gelangweiltem, missmutigem oder verkniffenem Gesichtsausdruck, den Blick ins Leere gerichtet.
Vielleicht, so dachte ich, hatte sich die langjährige Erfahrung mit der Bahn auf ihre Gesichtszüge gelegt.
Die nächste Ansage kündigte die baldige Einfahrt eines Regionalexpresses aus Neubrandenburg auf Gleis fünf an, die in Berlin-Spandau enden sollte.
Als der Zug mit Getöse einlief und mit quietschenden Bremsen langsam zum Stillstand kam, vernahmen wir noch den Rest einer Ansage, bei der es sich offensichtlich um den ICE nach München handelte. Das Wort "*Verspätung*" bekam ich noch mit und die Worte "*wir bitten um ihr Verständnis*".

Auf der Anzeigetafel auf dem Bahnsteig sechs war von einem ICE nach München und einer Verspätung nichts zu lesen: Dort stand nach wie vor: "*ICE 865 von Berlin Hbf nach Köln Hbf Abfahrt 13.50 Uhr.*" Offensichtlich hatte man vergessen, die elektronische Anzeigetafel auf den ICE 635 nach München mit der Abfahrtszeit 13.35 Uhr zu ändern.

Wieder ertönte die Bahnhofsdurchsage: "*Achtung, Achtung, Reisende des ICE 635 von Berlin Hauptbahnhof nach München Hauptbahnhof, planmäßige Abfahrt in Berlin-Spandau um 13.35 Uhr aus Gleis vier verspätet sich voraussichtlich um 10 Minuten.*"
Ich stutzte. Was war das? Wieso sprach die Ansagerin vom ICE nach München aus Gleis vier? Das musste doch ein Irrtum sein! Wir wurden doch gerade von Gleis vier nach Gleis sechs geschickt!

In der Ferne entdeckte ich fast am Ende des Bahnsteigs eine rotbemützte Gestalt in dunkelblauer Uniform, um den sich rasch eine Traube von offensichtlich auf den ICE nach München Wartenden bildete.
Ich sah ihn die Schultern zucken, dann den Kopf schütteln und gestikulierend mit einem Arm auf den Treppenabgang zeigen.

Und so machte sich eine Traube von Menschen samt Gepäck, uns eingeschlossen, schimpfend und fluchend auf den Weg wieder zurück zum Bahnsteig und Gleis vier.

Der Uhrzeiger hatte inzwischen die 13.35 Uhr unverrichteter Dinge passiert.
Der ICE aus Köln war planmäßig wie auf der Anzeigetafel angezeigt auf Gleis sechs eingelaufen und nach einem kurzen Halt um 13.50 Uhr nach Berlin weiter gefahren.

Die Uhr näherte sich bereits der 14.00 Uhr-Marke, als die nächste Ansage im Höllen-Lärm einer durchfahrenden Lokomotive sowjetischer Bauart, die wegen ihrer Geräuschentwicklung von den Eisenbahnern der ehemaligen DDR den Spitznamen "Taigatrommel" erhalten hatte, restlos unterging.

Da die Wartenden stumm auf dem Bahnsteig vier verharrten, war ich sicher, dass wir nicht wieder zu einem anderen Bahnsteig umdirigiert worden waren.

Um 14.15 Uhr fiel mir auf, dass seit unserer Ankunft am Bahnhof Berlin-Spandau kein einziger Zug aus Richtung Berlin Hauptbahnhof hier eingetroffen war.
Nur in der Gegenrichtung, d.h. Richtung Berlin Hauptbahnhof, herrschte ein reger Zugverkehr.

Als ich mich auf den Weg machte, um zu dem immer noch von vielen Reisenden umringten Zugbegleiter auf Bahnsteig vier durchzudringen, entdeckte ich eine neue Nachricht auf der elektronischen Anzeigetafel: *"Wegen einer Betriebsstörung fahren die ICE's nach München nicht über Berlin-Spandau, sondern über Leipzig von Berlin Hauptbahnhof ab"*, war zu lesen, und weiter: "Reisende nach München werden dringend gebeten, die S-Bahn zum Berliner Hauptbahnhof aus Gleis 8 zu benutzen." Derselbe Text ertönte auch aus den Bahnsteig-Lautsprechern.

Also schleppten wir zusammen mit den anderen Reisewilligen nach München wieder das Gepäck die Treppen hinunter, den langen Tunnel entlang bis zum Gleis acht, von wo die S-Bahn abfahren sollte. Oben angekommen, überraschte uns eine neue Hiobsbotschaft in Gestalt einer Information auf der Anzeigetafel der S-Bahn: *"Wegen einer Betriebsstörung verkehrt die S-Bahn nach Berlin Hauptbahnhof nur in unregelmäßigen Abständen. Wir bitten um Ihr Verständnis"*.

Da erinnerte ich mich, dass der ICE von Hamburg-Altona nach Berlin Hauptbahnhof mit Halt in Berlin-Spandau, mit dem unsere Tochter bei ihren Besuchen bei uns anzureisen pflegte, in wenigen Minuten auf Gleis zwei eintreffen müsste. Wenn mein Freund den nähme, käme er bestimmt ohne Betriebsstörung auf schnellstem Weg in Berlin Hauptbahnhof an. Also griffen wir kurz entschlossen mit unseren lahm gewordenen Händen wieder das Gepäck und legten den beschwerlichen Weg zu Gleis zwei zurück, auf dem gerade der ICE 722 aus Hamburg-Altona einlief.

Dass mit uns eine Schar von Reisewilligen offensichtlich nach München auch auf diese Idee gekommen war, sei nur am Rande erwähnt.

Langsam setzte sich der ICE 722 Punkt 14,59 Uhr in Bewegung und entschwand mit meinem Freund samt Gepäck Richtung Berlin. Von dort müsste er endlich die Fahrt nach München antreten können.

Als ich dem Treppenabgang entgegen strebte, vernahm ich die mir inzwischen vertraute Stimme der Ansagerin: *„Achtung, Achtung, der ICE 635 von Berlin Hauptbahnhof nach München Hauptbahnhof, planmäßige Abfahrt 13,35 Uhr, hat in wenigen Minuten Einfahrt* *auf Gleis vier. Die Betriebsstörung ist aufgehoben. Für die Verspätung bitten wir um Verständnis. "*

Nachtrag

Mein Freund berichtete mir später, dass er in Berlin den ICE nach Leipzig nehmen, dort in den ICE nach Würzburg und weiter in den nächsten ICE nach München umsteigen musste. Wegen der Verspätungen und der damit verbundenen mehrfachen Umstiege und Zeitverlusten bei Anschlüssen kam er nicht wie geplant um 19.00 Uhr in München an, sondern erst weit nach Mitternacht. Alle Anschlusszüge hatten den Betrieb eingestellt.

Die Kosten für die Fahrt mit dem Taxi in seinen Wohnort am Starnberger See deckten sich übrigens mit seinem Lesehonorar.

Es gibt ja den Spruch: "*Außer Spesen nichts gewesen*".
Seit diesem Tag lautet er bei meinem Freund und mir: "*Nicht mal Spesen sind gewesen.*"

Der Flaschengeist oder die Strafe der Dummheit.

Kürzlich traf ich in meinem Lieblings-Bistro „Zum bunten Affen" wieder mal meinen Freund Christian, Krischi genannt an. Er war von Beruf Verwaltungsbeamter wie ich, aber im Gegensatz zu meiner Arbeitsbelastung schob er in der Beschwerdeabteilung mehr als eine ruhige Kugel.

Krischi saß vor einem Glas Latte Macchiato und sah nicht glücklich aus. Als er mich herein kommen sah, blickte er kurz auf und rang sich ein gequältes Lächeln ab.

„Hallo", sagte er mit matter Stimme und deutete auf den freien Platz ihm gegenüber.

Ich setzte mich und schaute ihn eine Weile schweigend an. Dann fragte ich so unbekümmert wie möglich: „Wie geht's, altes Haus, wir haben uns lange nicht mehr gesehen." Als er schwieg, fuhr ich fort. "Und auch lange nichts mehr voneinander gehört!"

Plötzlich richtete er seine Augen auf mich und sagte mit leiser Stimme: „Dummheit muss bestraft werden!"

Als er merkte, dass ich seine Feststellung nicht einordnen konnte, legte er los: „Vor 2 Wochen war ich zu einem Wellness-Wochenende in Sellin auf Rügen. Und auf einem der Strandspaziergänge Richtung Binz entdeckte ich am Spülsaum der Brandung hinter einem Findling eine lange schmale Flasche, verkorkt und versiegelt. Ich stutzte: Eine Flaschenpost, die offensichtlich niemand vor mir entdeckt hatte.

Da die Beschaffenheit der Glasoberfläche einen milchig-duffen Charakter aufwies, konnte ich den Inhalt des Gefäßes nicht ausmachen. Das Siegel war dem Aussehen nach älteren Datums. Einen Moment dachte ich daran, den Fund wieder in die Brandung zurück zu werfen, aber dann siegte doch meine Neugier.

„Du hast also die Flasche mit ins Hotel genommen?!", fragte ich neugierig.

„Ja, und mit einem Messer habe ich in meinem Zimmer dann das Siegel abgeschnitten und mittels eines Korkenziehers ich die geheimnisvolle Flaschenpost entkorkt. Auch der Korken schien schon sehr alt zu sein. Krischi schwieg plötzlich, in Gedanken versunken.

„Nun spann mich nicht auf die Folter, alter Freund und verrate mir, was sich in der Flasche befand!"

Mein Gegenüber schien aus weiter Ferne in die Wirklichkeit zurückzukehren. Dann fasste er sich:
„Als ich den Korken vorsichtig herausgezogen hatte, ertönte ein Zischen und eine weiße Wolke strömte aus dem Inneren durch den schmalen Hals nach außen. Ehe ich mich von dem Schreck erholen konnte, nahm die Wolke eine kleine menschenähnliche Gestalt an, die regungslos im Raum schwebend vor mir verharrte.

„Das gibt's doch gar nicht", brach es aus mir heraus, „Du hast das geträumt, gib es doch zu!"

„Und warum trafst Du mich in bedrückter trauriger Stimmung an, wenn das nur ein Traum war?"

„Entschuldige bitte", gab ich nach, „ich wollte Dich nicht verletzten. Aber ungewöhnlich ist das Ganze schon. Das musst Du zugeben."
Als er nickte, fuhr ich fort: „Und wie ging es weiter?"

Krischi dachte kurz nach: "Als ich mich wieder etwas gefasst hatte, hörte ich ein leises Säuseln, das direkt von der Wolkenfigur zu kommen schien. Dann vernahm ich eine seltsam piepsige Stimme, die langsam und bedächtig sprach:
„Ich bin ein Geist, vor mehr als 200 Jahren in die Flasche verbannt. Wer mich befreit, hat drei Wünsche frei, die ich ihm ohne Wenn und Aber wortgetreu erfülle!"

„Nu mach aber mal einen Punkt, unterbrach ich ihn, „das ist nun wirklich eine tolle Klamotte, was Du mir da erzählst: ein Geist, der Dir die Erfüllung von drei Wünschen anbietet. Wo gibt's denn sowas?"

„Das dachte ich zuerst ja auch. Als ich meine Augen schloss und wieder öffnete, war der Geist noch immer da und wiederholte in gleicher Weise wie zuvor sein Angebot, mir als Gegenleistung für seine Befreiung drei von mir geäußerte Wünsche zu erfüllen. Ich sollte mir gut überlegen, was für mich das Wichtigste im Leben sei."

„Und was hast Du Dir denn gewünscht?"

„Viel Zeit hatte ich ja nicht, da die Wolke langsam anfing, sich aufzulösen. Also sagte ich dem Flaschengeist schnell: Ich wünsche mir eine Villa mit einem großen Grundstück und Meeresblick, einen Haufen Goldbarren, der mir das Auskommen bis zum Lebensende sichert und nie wieder im Büro arbeiten zu müssen."

„Und was geschah dann?", fragte ich atemlos.

Krischi schwieg wieder, wobei seine Gesichtszüge von Traurigkeit geprägt waren.
„Der Flaschengeist sagte nur sieben Worte mit seiner piepsigen Stimme: Also gut, Deine drei Wünsche werden Dir von mir erfüllt!"
Dann löste sich die Wolke quasi in nichts auf. Ich stand verdattert da, die leere Flasche in der Hand. Ich hatte schon an einen Zaubertrick oder einen üblen Scherz gedacht, als plötzlich ein lautes Brausen ertönte, das den Raum ausfüllte und von mir Besitz ergriff. Und wie auf Flügeln sauste ich durch die Luft und fand mich auf meinem Bürostuhl im Beschwerdeamt wieder, wo man mir zu meinem Erstaunen verkündete, dass ich in den Außendienst versetzt worden sei."

„Na sieh mal an", warf ich ein: „Den Wunsch, nicht mehr im Büro arbeiten zu müssen, hat Dir der Flaschengeist ja erfüllt! Das war also einer der drei Wünsche. Und die anderen beiden? Ich meine die Villa am Meer und der Haufen Goldbarren?"

Krischi seufzte und schlug plötzlich wütend mit der flachen Hand auf den Bistro-Tisch, dass die anderen Gäste erschreckt zu uns herüber sahen. Seine Augen blitzten: „Wie konnte ich das nur vergessen! Ich Idiot habe doch glatt versäumt, den Flaschengeist zu fragen, wo ich die Villa finde und auf welcher Bank die Goldbarren deponiert sind!".
Und zu mir gewandt: „Siehst Du, wie ich schon sagte, Dummheit muss bestraft werden!"

Der Trabant des Saturns

Die im ZDF vom Nachrichtensprecher mit stockender Stimme verlesene Nachricht schlug ein wie eine Bombe. Die Raumsonde Voyager 11 hatte vom Saturn eine Nachricht gesendet, der Fotos folgen sollten. Auf ihrem Flug rund um den Planeten hatte die Sonde einen winzigen Mond entdeckt, dessen geostationäre Bahn den Observatorien und Raumsonden bisher verborgen geblieben war. Auf diesem winzigen Trabanten des Saturns gelang der Voyager 11 die Entdeckung von Spuren primitiver Lebensformen. Vulkantätigkeit und Wasser hatten im Verbund mit Aminosäuren offensichtlich eine Ursuppe gebildet, in der primitive Lebensformen in Krillgröße entstanden waren. Eintreffende Aufnahmen von exzellenter Detailgenauigkeit und Brillanz hatten die ersten Bewertungen bestätigt. In einem Ozean auf dem Trabanten mit Vulkantätigkeit tummelten sich Schwärme von Lebewesen in Minigröße, dem in arktischen Gewässern heimischen Krill ähnlich.

Erste Kommentare von Astrophysikern und Biologen aus allen Erdteilen stuften diese Entdeckung als eine Weltsensation ein.

Die Zeitungen berichteten auf Sonderseiten über dieses sensationelle Forschungsergebnis, das schon lange absehbar war, nur nicht in unserem Planetensystem. Alle Vermutungen des Vorhandenseins von extrater-restrischem Leben waren nun eindrucksvoll bestätigt worden, nicht auf einem viele Lichtjahre entfernten Klasse M1 Planeten, der erst kürzlich entdeckt wurde, sondern als Tatsache in unserem Planetensystem.

In einer eilig einberufenen Pressekonferenz wurde die Entsendung einer Raumsonde mit Landemodul angekündigt, die von amerikanischen, russischen, chinesischen und europäischen Raumfahrtkonzernen gemeinsam entwickelt und in einer kurzen Zeitspanne von 15 Monaten auf die Reise geschickt werden sollte.

Man werde bereits im Bau befindliche Sonden zu diesem Zweck den Anforderungen der Erkundung des Trabanten des Saturns anpassen und ein geeignetes Landemodul mit den notwendigen Oberflächen- und Laboruntersuchungselementen und gemeinsam konstruieren. Von den Forschungsergebnissen vor Ort erhoffe sich man weitere Erkenntnisse über die Entwicklung höherer Lebensformen, die sogar auf dem entdeckten Mond vorhanden sein könnten.

Allein die Ankündigung einer weltweiten Zusammenarbeit ließ die Menschheit aufhorchen und auf eine gemeinsame Lösung weltweiter Konflikte und friedliche Beilegung von kriegerischen Auseinandersetzungen hoffen.

Bei aller Euphorie über die Entdeckung mit weitreichenden Folgen für Wissenschaft, Forschung und Zusammenleben auf der Erde hatte niemand auf das Datum der Meldung geachtet: es war der 1. April 2017.

Der grüne Dschungel von Wismar

Diese im wahrsten Sinne des Wortes haarsträubende Geschichte begann mit einer Studienreise des Biologielehrer-Ehepaares Lehmann aus Wismar. Bhutan, ein kleines abgeschiedenes Königreich, am Fuße des Himalaya, an der Nordgrenze von Indien gelegen, war ihr Reiseziel.

Das Ehepaar hatte sich das Land wegen seiner berühmten endemischen Artenvielfalt der Flora und Fauna ausgesucht und war beim Besuch eines buddhistischen Klosters am Fuße des heiligen Berges Kula Kangri auf eine seltsame Pflanze gestoßen, die in ihrem Erscheinungsbild einem Hybrid aus den in Deutschland heimischen Schlingpflanzen „je länger je lieber", „Knöterich" und „Ackerwinde" glich. Das Schlinggeflecht, aus dem einige hoch aufragende Stängel herausragten, die mit ihren Tentakeln in der Luft nach Halt suchten, war von einem Blütenmeer aus gelben Kelchen übersät.

Die Lehmanns hatten von dieser Pflanzenart gelesen, die nur in diesem Landstrich mit seinen rauen klimatischen Bedingungen vorkam. Sie waren beim Anblick dieses Exemplars fasziniert, das mit seinem tiefdunklen Grün und seinem safrangelben Blütenmeer ihr Biologenherz erregte.

War es falsch verstandener Forscherdrang oder die Experimentierlust, die sie bewog, von dieser Pflanze ein kleines Säckchen Samen mit nach Hause zu bringen. Sie hatten vor, die Samen in die humusreiche Erde ihres Kleingartens in der Kolonie am Wallgraben an der Dahlmannstraße einzubringen und ihre Freunde zu animieren, es ihnen gleich zu tun. Vielleicht würde die Pflanze auch unter den mitteleuropäischen Wetterbedingungen gedeihen, was nicht sicher war.
Das Ergebnis war für nicht nur für das Ehepaar Lehman verblüffend.
Schon nach 48 Stunden zeigten sich erste kräftige Triebe, die binnen 3 Tagen zu einer stattlichen Pflanze heranwuchsen. In den nächsten Tagen verbreitete sich diese Pflanze mit dem lateinischen Namen „tarantula bhutanis" nicht nur in ihrem Kleingarten, sondern hatte sich im ganzen Gelände fortgepflanzt.

Das musste mit der Vermehrung über Selbst- und Fremdbestäubung und über das Rhizomen-Wurzelwerk wie bei der Quecke zusammenhängen, wie die Lehrer vermuteten. Denn die heimische Ackerwinde wies die gleichartigen Vermehrungsweisen auf und die Ähnlichkeit mit der bhutanischen Art war ja schon nach dem ersten Augenschein im Klostergarten in Bhutan signifikant. gewesen.

Von Ihren Freunden, die von ihnen Samenkörner erhalten hatten, erfuhren die Lehmanns, dass sie dem Wachstum der tarantula bhutanis auch nicht mehr Herr wurden. Alle Nachbargärten waren inzwischen durch das rasche Wachstum auch von der eigentlich in Bhutan endemischen Schlingpflanzenart überwuchert. Es gab kein Mittel, diesem schier unaufhaltsamen Wachstum Einhalt zu gebieten, denn nichts half: Rodungen, Wurzelextraktionen, Feuerlanzen blieben erfolglos. Das Wurzelwerk wucherte sogar unterirdisch weiter. Auch mit Pflanzengiften war der rasanten Aus- und Verbreitung nicht beizukommen.

Es dauerte nur 4 Wochen, da begannen die Schlingpflanzen mit ihrem tiefdunklen Grün und gelbem Blütenmeer die zur Innenstadt führenden Straßen Wismars zu erobern, sogar aus den Gullys schossen die Triebe empor und breiteten sich auf Straßen und Gehwegen aus. Was zuerst als eine Laune der Natur angesehen wurde, entwickelte sich rasch zu einer nicht mehr zu beherrschenden Plage, die das Leben in der Hansestadt zunehmend behinderte und einschränkte.

Die Schlinggewächse eroberten nämlich neben den Straßen und Plätzen auch die Fassaden der Häuser, ihre Flugsamen setzten sich in Nischen und Fugen fest und begannen von dort aus ihr grünes Werk bis zu den Dächern.

Selbst abgeschnittene Planzenteile setzten, wo immer sie in Erdreich, Balkonkästen oder humushaltige Inseln gerieten, wie die Quäke immer neue Verwurzelungen und Wucherungen in Gang.

Die aus den Gullys heraus quellenden und empor schießenden Gewächse der tarantula bhutanis verwandelten nach einem Gewitterregen über Nacht den Marktplatz in ein grünes Dickicht. Nur durch Einsatz von großen Rasenmähern konnte der Markt zumindest für Stunden wieder begehbar gehalten werden. Aber das Schlinggeflecht und die schachtelhalmartig in die Höhe schießenden Triebe eroberten das Gelände binnen Stunden wieder zurück.

Angereiste Wissenschaftler fanden keine Erklärung für das außer Kontrolle geratene immense Wachstum, das gegen allen versuchsweise eingesetzten Fungizide und Pestizide immun zu sein schien.

Zahlreiche Bewohner informierten das Rathaus, dass sie verschiedene Vogelarten beim Nestbau und Niederwild wie Füchse und Marder im grünen Dickicht, das immer mehr einem dichten Urwald glich, beobachtet hätten.

Kurz nach Beginn der wissenschaftlichen Versuchsreihe legten die Naturschutzverbände -wenn auch erfolglos- Beschwerde ein. Man dürfe das in hohen Mengen Sauerstoff produzierende schnell wachsende Grün und die Fauna nicht ohne genaue Untersuchungen einfach beseitigen oder ausrotten,

Die Einwohner Wismars waren bald gezwungen, sich eigenmächtig Wege durch die wild wuchernden Dickichte zu bahnen, um zu Fuß ihre Angelegenheiten zu besorgen. An die Nutzung von Privat-PKWs oder öffentlichen Verkehrsmitteln war nicht mehr zu denken.

In der Zwischenzeit war die Nachricht von der Überwucherung Wismars von den Medien als grüne Sensation hoch gestuft worden. Tourismusagenturen organisierten Reisen zum städtischen grünen Dschungel, die aber vor einer eilends eingerichteten Sicherheitszone endeten. Dort wurden die Schaulustigen und die angereisten Fernsehteams auf über Nacht erbaute Aussichtsplattformen dirigiert. Eintrittskarten gingen weg wie die buchstäblich warmen Semmeln. Kleine Volksfeste mit Beköstigung und Unterhaltungsprogramm sowie Live-Bildern unterhielten die Angereisten. Besser Situierte leisteten sich einen Schauflug mit Sportflugzeugen oder einem Helikopter.

Als sich das Grün der Dächer und Türme der städtischen Kirchen Heilig-Geist, St. Marien, St. Georgen und St. Nikolai bemächtigt hatte, wurde von der Regierung der der Hansestadt offiziell der Notstand ausgerufen. Immer mehr Bewohner der Stadt verließen die Stadt auf mühsam frei gehaltenen Korridoren fluchtartig, nur mit den nötigsten Habseligkeiten im Handgepäck ausgestattet, denn die Transportmöglichkeiten nach außerhalb ließen mehr nicht zu.

Nach sechs Monaten beschloss die Bürgerschaft, die Stadt endgültig zu evakuieren, denn die Abwasserentsorgung funktionierte nicht mehr. Die Kanäle waren durch die Pflanzen verstopft, die Schlinggewächse waren inzwischen von den Straßen in die Hinterhöfe, Hausgärten, Häuser, Geschäfte und öffentliche Gebäude eingedrungen und hatten sich dort massenhaft ausgebreitet. Der private und öffentliche Verkehr sowie die Versorgung der Bevölkerung waren zusammengebrochen. Man hatte vor der Flächen deckenden unaufhaltsamen Invasion des Grün kapituliert.

Und genau neun Monate nach dem ersten Auftreten der grünen Wucherungen verließ das Kreuzfahrtschiff AIDA GRANDIOSA mit den letzten 6.000 Bewohnern der Stadt den mühsam freigeschnittenen Kai des Überseehafens.

Klaus Störtebeker und Gretlin Kramer in Wismar

Im Stadtarchiv der Stadt Wismar befindet sich ein mittelalterliches Verfestigungsbuch, ein Dokument, in dem markante Ereignisse, Vergehen und Geschehnisse notiert sind, deren Auslöser, Urheber oder Mitwirkende ob ihrer Beteiligung aus der Stadt verwiesen oder in Festungshaft zu nehmen waren.

Nicht immer sind den vielfältigen Eintragungen Jahreszahlen zugeordnet. Fakt ist aber, dass ein Nicolao Störtebeker 1380 im Verfestigungsbuch auftaucht. Zwei Männer hatten Nicolao Störtebeker im Wirtshaus „Zur Rose", in dem er mit seinem Freund Gödeke Michels gezecht hatte, verprügelt. Beide wurden der Stadt Wismar verwiesen und mussten diese verlassen.

Ob es sich bei Nicolao Störtebeker um den späteren Piraten und Freibeuterkapitän Klaus Störtebeker gehandelt hat, ist aus den Annalen der Hansestadt Wismar nicht ersichtlich, denn es ist kein weiterer Eintrag in anderen Dokumenten des Archivs der Stadt zu verzeichnen, die seine Identität beweisen könnten.

Am Haus Speicherstr. 8 in Wismar, wo Klaus Störtebeker im Jahre 1360 angeblich geboren und aufgewachsen ist, hat man an der Außenfassade ein Relief angebracht, das den Piraten in freier künstlerischer Gestaltung zeigt.

Auf einem Schild neben dem Relief steht zu lesen:

"In diesem Haus wurde 1360 der berühmte Vitalienbruder Klaus Störtebeker geboren." Das steht auf dem Schild neben der Haustür in der Speicherstraße 8. Es sind wohl mehr als ein Dutzend Orte, die sich um die Geburtsstätte von Klaus Störtebeker (hingerichtet 1401) streiten. Die Wismarer Geschichtsschreibung kann allerdings auf eine Art eines Gerichtsprotokollbuches hinweisen, in dem "Nicolao Stertebeker" 1380 wegen einer Prügelei vermerkt wurde.

Es gibt eine Reihe von Häfen an der Ost- und Nordseeküste, wo Störtebeker mit seinen Piratenschiffen Schiffszubehör, Lebensmittel, Waffen, Munition und Besatzungsmitglieder fouragierte und Beschädigungen an Schiffen ausbessern ließ. Da ist es verständlich, dass diese Orte den legendären Piraten für sich requirierten.

Aber auch diese Quellen sind dürftig und belegen nicht eindeutig die Herkunft von Störtebeker, von gefälschten Dokumenten und geklitterten Eintragungen in historische Schriften einmal ganz abgesehen.

So wäre die Herkunft von Klaus Störtebeker weiter im Dunkeln geblieben, wenn nicht im Jahr 2017 der Abriss eines Hinterhof-Wohnhauses, eines sogenannten Kemladens, in der Gerberstraße in Wismar Licht in das Dunkel gebracht hätte.

In einer Truhe fand man ein versiegeltes Bündel von Briefen an eine Gretlin Kramer, darunter einen von einem Klaus Störtebeker aus dem Jahre 1397, der sich darin als freiwilliger Pirat und Freibeuter von schwedischen Gnaden bezeichnete.

Diesen versiegelten und mit Klaus Störtebeker unterschriebenen Brief habe ich mithilfe eines Lexikons aus dem Altdeutschen übersetzt.

Das war nicht einfach, weil einige vergilbte Satzteile brüchig oder nicht entziffert werden konnten (sie waren beim Schreiben wohl wegen des Seegangs auf dem Meer verrutscht). Ich habe mir die Freiheit genommen, diese und die nicht entzifferbaren Teile sinngemäß zu ergänzen.

Der Brief

Auf dem zweiseitigen Pergament mit gesiegelter Unterschrift stand geschrieben:

„Meine liebste Gretlin,

meine Kogge „Seetiger" liegt vor der Wismarie Bucht nahe der Insel Lypez. In den Hafen einlaufen kann ich leider nicht. Man würde mich verhaften und vor Gericht stellen, was aber nicht rechtens wäre. Denn ich habe den Reichen nur das abgenommen und den Armen wieder gegeben, was diesen zuvor abgepresst wurde.

Hennig Wichmann habe ich wie schon mehrmals zuvor in mondloser Nacht in schwarzer Kleidung und in einem schwarzen Ruderboot in den Hafen von Wismar geschickt. Er soll dir diesen Brief und 100 Gold-Öre überbringen. Dieses geschieht auf diese schon bewährte Weise, damit er von den Wachen nicht entdeckt und gefangen genommen wird.

Ich hatte nach Erhalt des Freibriefs des Schwedische Königs den Kampf mit dänischen Kriegsschiffen siegreich führen und auch einige Handelsschiffe erbeuten können. Die Salvia unter Gödeke Michels ist im Kampf leider verloren gegangen, aber die Besatzung konnte ich mit meiner Mannschaft retten. Die dänischen Schiffe sind geflohen. Aber wir haben sie eingeholt und geentert.

Wenn wir unsere erlittenen Schäden an Deck, Masten. Segeln und Takelage repariert haben, werden wir wieder Handelsschiffe kapern und die Beute unter uns, mit dem schwedischen Magistrat als Auftraggeber des Königs und den armen Fischern und Bewohnern von Küstenstädten gerecht aufteilen.

Deren Dankbarkeit ist sehr groß. Das zeigt sich auch darin, dass wir wertvolle Hinweise über die Schiffsbewegungen in der Ostsee erhalten.

Wir nennen uns jetzt „Likedeeler", weil wir alles Erbeutete zu gleichen Teilen aufteilen.

Gerne wäre ich bei dir, meine Liebste, spazierte mit dir unerkannt durch die schöne Hansestadt und würde mit dir die Nächte in Deinem schönen, mir so vertrauten Kemladen, in der Breiten Straße verbringen.

Sven Vrouden (du erinnerst dich sicher an den Flötenspieler in der Schule) ist mein treuester Gefährte und Mitstreiter geworden. Auch er lässt dich herzlich grüßen.

Wenn der schwedische König es erlaubt, werde ich mich nach Erledigung meines Auftrags in seinem Land bei Stockholm niederlassen und dich zu mir holen. Vom Schwedischen Magistrat habe ich dort in der Bucht eine der kleinen Inseln, die man dort Skär nennt, gekauft. Wir werden uns im Wald ein Haus bauen und für den Rest unseres Lebens in Frieden zusammen leben.

Erschrick also nicht, wenn Hinnerk eines Nachts vor Deiner Tür steht und dich abholen wird.

Ich hoffe, dir geht es gut und Myrna, deine treue Freundin ist an deiner Seite und unterstützt Dich in Deiner Nähstube. Das Gold soll dir ein angenehmes Leben ermöglichen.

Min leevste Gretlin, ich habe ja nur Dich und Deine Liebe.

Dein Klaus Störtebeker"

Nachtrag

Bürger der Stadt berichten, dass manches Jahr am 20. Oktober, dem Todestag von Klaus Störtebeker, sich um Mitternacht der Kopf auf dem Relief am Haus Speicherstr. 8 bewegt und der Mund sich zu einem Lächeln verzieht. Dieses unheimliche Geschehen wurde mehrmals von Passanten berichtet, die sich genau zu diesem Zeitpunkt auf dem Heimweg von den umliegenden Kneipen befanden.

(geografischer Hinweis: Insel Lypez – später Lieps – Aderholm – Walfisch)

Der Schiffskobold   Nautilix

Ich bin der Schiffskobold mit Namen Nautilix, nicht einer dieser vielen sich als solcher ausgebenden maritimen Geistwesen, sondern der einzig wahre Schiffskobold, den man in Fachkreisen auch Klabautermann nennt. Warum, weiß ich nicht. Vielleicht, weil „Klabaut" oder „Klabastern" so viel wie Lärm, Poltern und Trampeln heißt, was meine Tätigkeit treffend beschreibt. Das Wort soll übrigens aus dem Arabischen kommen. Die Seefahrer kommen halt viel rum und irgend so eine exotische Bezeichnung macht immer Eindruck.

Eigentlich bin ich unsichtbar. Nur in ganz seltenen weißen Nebelnächten meinten Seefahrer, mich als eine kleinwüchsige Gestalt wahrgenommen zu haben, die sich als Schatten von einer milchig weißen Wand abzeichnet.
Wir Geistwesen können darüber nur schmunzeln, denn wir bestehen ja nicht aus Materie. Aber die menschliche Phantasie braucht nun mal eine sichtbare Erscheinung, die die Tatsache und damit die Glaubwürdigkeit unserer Existenz beweisen soll.

Sie fragen vielleicht, was ich als Schiffskobold Nautilix so tue. Heutzutage leider oft nicht mehr viel. Denn im Zeitalter der mit Elektronik ausgestatteten Eisenschiffe bin ich fast überall auf den Weltmeeren überflüssig geworden.
Es gibt nämlich moderne Anzeigegeräte, die von jedem sich abzeichnenden Schaden, jeder Beeinträchtigung der Funktionsfähigkeit an Bord eines Schiffes Meldung machen. Mag sein, dass das die Zukunft ist. Der Mensch glaubt halt nur das, was er sieht, nicht allein das, was er nur hört. Eigentlich schade.

Mein ursprüngliches Wirken geht auf die Zeit zurück, als die Meere noch ausschließlich von Segelschiffen befahren wurden. Da wurde ich auf Holzschiffen wie zum Beispiel Galeeren, Koggen, Fregatten, Drachenbooten, Galeassen. Schonern, Barken, Briggen, Klippern, Vollschiffen und Windjammern gebraucht.

Denn wenn sich Schäden am Rumpf abzeichneten oder auftraten, ein Mast mürbe oder instabil wurde, eine Rahe herunterzufallen oder zu brechen drohte oder unter der Wasserlinie ein Leck entstehen wollte, war meine Stunde gekommen.

Da ich mich wie alle Geistwesen nicht durch Worte verständlich machen kann, musste ich als Schiffskobold andere Maßnahmen ergreifen, um Kapitän und Besatzung auf eine drohende Gefahr mit ihrem Schiff nachdrücklich aufmerksam zu machen.

Also nahm ich dann meine ganze Kraft zusammen und polterte im Ernstfall in der Takelage und in den Rahen, ließ lautes Trampeln auf Deck hören, verursachte Knack- und Knirschgeräusche im Mast oder rumpelte im Bauch des Segelschiffes so lange herum, bis man darauf aufmerksam wurde und nach der Ursache der Geräusche suchte.

Hatte man diese endlich gefunden, machte man sich an die Arbeit, um den Schaden zu verhindern oder zu beseitigen. Und wenn niemand vergaß, mir dem Schiffskobold Nautilix und Klabautermann ein Dankgebet zu sprechen, war ich glücklich und zog mich in mein Versteck an Bord zurück oder schwebte von dannen zum nächsten drohenden Havaristen.

Das fiel mir übrigens nicht schwer, da allen Geistwesen die Omnipräsenz zu eigen ist, d.h. sie können zur gleichen Zeit an verschiedenen Orten sein.

Deshalb wundert Euch nicht, wenn ihr von meinen guten Taten hört, die ich gleichzeitig auf Schiffen in verschiedenen Ozeanen, Meeren und größeren Gewässern vollbracht habe.

Die Leute, die heutzutage noch mit Segelschiffen unterwegs sind, wissen meinen Beistand zu schätzen. Vor jedem Auslaufen aus einem Hafen sprechen sie eine Beschwörungsformel, dass ich sie und ihr Schiff auf der Reise begleiten und vor Ungemach warnen möge, wenn es einmal ernst werden sollte. Oder sie kratzen vor dem Auslaufen am Mast. Ein christliches Gebet sprechen sie manchmal auch. So ist halt der Mensch. Man weiß ja nie. Besser immer auf Nummer sicher gehen.

Sie glauben mir das alles nicht? Dann fragen sie doch mal die Besatzungen der Segelschiffe Fritjof Nansen, Roald Amundsen, Albatros, Atalanta, Qualle und der Kogge Wissemara im Alten Hafen von Wismar. Die werden ihnen erstaunliche Dinge berichten, wie ich sie vor ernsten und bedrohlichen Schäden und Havarien bewahrt habe. Das Vorgängerschiff der Wissemara, dessen Wrack im Jahre 1997 nordwestlich der Mole von Timmendorf auf der Insel Poel entdeckt und 1999 aus der Tiefe der Wismarer Bucht geborgen wurde, hatte allerdings kein so günstiges Schicksal.

Darüber will ich an dieser Stelle berichten:

Man soll nicht glauben, dass alle Schiffsbesatzungen der alten Segelschiffe an die Existenz von Schiffskobolden und Klabautermännern und ihren Warnhinweise auf Gefahren Glauben schenkten. Und das erstaunt uns Schiffskobolde sehr, weil wir schon zur Pharaonenzeit Schiffe beschützten. Auch die Griechen und Römer wussten unseren Beistand zu schätzen. Selbst der Gefangene Apostel Paulus hat auf seiner Schiffsreise erlebt, dass der Schiffskobold zwar den Untergang des Schiffes vor der Küste von Malta nicht verhindern, aber dank der zuletzt noch befolgten Warnhinweise die gesamte Mannschaft gerettet werden konnte. Auch die großen Seefahrer wie Franklin, Kolumbus, Cook und Nelson vertrauten auf ihren langen und gefahrvollen Reisen ins Ungewisse auf ihren Schiffskobold oder Klabautermann. Aber nicht alle Seefahrer dachten und handelten so. Und so ist es nicht verwunderlich, dass immer wieder Schiffe Unglücke und Havarien ja sogar Untergänge erleben mussten, weil niemand an Bord auf unsere Warnungen reagierte.

Als auf dem Vorgängerschiff der Kogge Wissemara ein junger Kapitän seinen Dienst antrat, war dieser Umstand für den an Bord hausenden Schiffskobold mehr als unglücklich, konnte er doch seine Hilfsdienste nicht mehr ausführen. Sie waren einfach nicht gefragt oder wurden schlicht nicht wahrgenommen, manchmal sogar bewusst überhört.
Denn der junge Kapitän Peer Persson gab sich aufgeklärt. Er vertraute nur auf seinen Sextanten, auf See- und Schiffskarten, das Messen der Wassertiefe durch die Logleine, das Auslesen von Wettergeschehnissen und das Studieren von Anzeichen von Wetteränderungen. Das genügte ihm. Die Existenz von Schiffskobolden hielt er

für Spökenkiekerei und Berichte darüber für Seemannsgarn, wohl auf zu viel Rumgenuss oder einfach nur glückhafte Umstände der Bewahrung vor schlimmen Schäden zurückzuführen.

Einmal geriet die Wissemara in einen schlimmen Sturm, der am Himmel keine Anzeichen in Gestalt von schwarzen Wolken oder zunehmendem Wellengekräusel vorausgeschickt hatte. Mein Vorfahr, der auf der Wissemara beheimatete Schiffskobold Nautilix sen. hatte mit einem lauten Ächzen der Takelage, einem Knarren der Mastschäfte und einem lautes Poltern auf Deck auf die drohende Gefahr aufmerksam machen wollen, was von einem Matrosen zwar bemerkt und dem Kapitän gemeldet wurde. Dieser aber wischte die besorgte Meldung in seiner Kammer buchstäblich vom Tisch und machte natürliche Ursachen für die Geräusche verantwortlich, schließlich arbeitete Holz ja, vor allem bei Seegang.

Als quasi aus heiterem Himmel die erste Sturmbö auf die unter vollen Segeln dahinziehende unvorbereitete Kogge traf, riss es die gesamte Takelage aus den Halterungen, sodass sie mitsamt Querbäumen und Rahen mit lauten Getöse auf das Deck krachte. Mit der zweiten noch heftigeren Böe wurden die beiden Masten in 2 Meter Höhe im Holzschaft abgedreht und gingen splitternd und krachend über Bord. Das Schiff nahm immer mehr Wasser über und bei dem heftigen Seegang dauerte es nicht lange, bis es vor der Insel Aderholm (heue Walfisch genannt) in den aufgepeitschten Meeresfluten versank.

Nur der Leichtmatrose Klaas Claaßen, der immer an den Schiffskobold geglaubt und als erster eindringlich aber vergeblich den Kapitän auf die Polter- und Trampelgeräusche aufmerksam gemacht hatte, konnte sich auf eine in der Dünung treibenden Planke retten und landete am Strand der Insel.

Alle anderen Besatzungsmitglieder kamen um.

Doch die neuzeitlichen Kreuzfahrtschiffe haben keinen Platz mehr für einen Schiffskobold wie mich auf ihren vielen Decks. Ich wüsste ohnehin nicht, wie ich mich dort zu Gehör bringen könnte. Auf den Decks, den Restaurants, den Vergnügungseinrichtungen und in den Kabinen ist es viel zu laut und im Maschinenraum sowieso.

143

Nirgendwo riecht es vertraut nach Teer und hölzernen Planken. Nirgendwo findet sich ein stilles Plätzchen, wo ich mich von meiner anstrengenden Tätigkeit kurz ausruhen könnte. Das ist auf den alten Segelschiffen ganz anders!
Die modernen Seefahrer vertrauen auf diesen schwimmenden Eisenkästen auf das neumodische Zeugs, das sie vor Ungemach warnt.

Aber es gibt noch aus Holz gebaute Segeljachten, die meinen Beistand gut gebrauchen könnten. Zwar ist es für einen Schiffskobold schwer, wegen der beengten Räumlichkeiten dort einen geeigneten Unterschlupf zu finden, aber ich muss es versuchen, wenn ich auch die nächsten Jahrhunderte überleben und den Seefahrern gute Dienste erweisen soll.

Eine Zeitlang hoffte ich, dass das Elmsfeuer, das sich bei elektrisch geladener gewitterträchtiger Luft auf die Mastspitzen von Schiffe setzt, meine Warnhinweise nachhaltiger rüberbringen kann. Aber die Besatzungen bestaunen nur das bläuliche Flammenspiel und verrichten ihre Arbeit, als wäre nichts geschehen.
Merkwürdig, dass der Mensch auch heute noch auf unübliche Geräusche reagiert. Wenigstens hat er das in die moderne Zeit herüber gerettet.
Das gibt mir Hoffnung.

Der Unbekannte vom Strand in Wendorf

Niemand wird mir diese Geschichte glauben. Die Ereignisse, über die ich berichte, klingen unwahrscheinlich, obwohl sie in unserem modernen Zeitalter durchaus vorstellbar sind.

Berichte über mit dem Verstand nicht fassbare Erlebnisse werden schnell abgetan: Fantasien können der Wahrnehmung einen Streich gespielt haben, geschossene Fotos bearbeitet, Augenzeugen gedungen, das Gesehene und Gehörte missinterpretiert worden sein.

Das Foto auf meinem Smartphone war wohl kein ausreichender Beweis für mein Erlebnis, Augenzeugen konnte ich nicht vorweisen - und zu hören war am Ereignistag nichts außer dem Wellenschlag und einem leisen Zischen am Strand von Wendorf.

Ich war in der Morgendämmerung am Strand von Wendorf von der Seebrücke aus Richtung Hoben unterwegs, um seltene Strandsteine und Fossilien zu finden. Die frühe Zeit bot sich an, um den Profi-Suchern möglichst zuvor zu kommen.

Zwei Belemniten und eine Ostseejade hatte ich bereits am Wellensaum aufsammeln können, als mir auf einer vorgelagerten Sandzunge ein großer Findling ins Auge fiel. Das verwunderte mich, weil ein solcher Stein tags zuvor an dieser Stelle noch nicht zu sehen gewesen war.

Beim Näherkommen entdeckte ich, dass es sich bei dem angenommenen Findling in Wirklichkeit um eine aufrecht stehende menschenähnliche Gestalt handelte, die in einem grauen Outfit steckte, das einem Raumfahrtanzug ähnelte. Mir fiel auf, dass in der Glasscheibe des Helms nichts außer die Spiegelung des ersten Scheins der aufgehenden Sonne zu entdecken war.

Erstaunt ob dieses Anblicks verharrte ich, um diese Gestalt näher zu betrachten. Sie stand unbeweglich da, die Arme seitlich an den Körper gelegt. Der Helm zeigte Richtung Hafenbucht.

Fragen schossen mir durch den Kopf: handelte es sich um einen Raumfahrer aus der ISS-Raumstation, von einem Shuttle oder einer Trägerrakete, der mit seiner Kapsel auf dem Rückweg zur Erde mit einem Fallschirm am Strand in der Nähe der Seebrücke von Wendorf gelandet war? Aber eine Kapsel und ein Fallschirm waren nirgendwo zu entdecken.

Plötzlich drehte sich der Helm in meine Richtung. Warum nahm der Astronaut den Helm nicht ab? Konnte oder durfte er das nicht? Wartete er auf Hilfe von seiner Bodenstation?
Ich ging den Strand entlang ein paar Schritte in seine Richtung. Aber er wich zurück bis er die ursprüngliche Entfernung zu mir wieder hergestellt hatte. Und das wiederholte sich, so oft ich versuchte, mich ihm zu nähern.

Inzwischen war die Sonne aufgegangen und wir beide waren immer noch allein am Strand. Ich war ratlos, was ich nun unternehmen könnte, um zwischen uns einen Kontakt herzustellen. Vielleicht brauchte er meine Unterstützung oder ich könnte mit meinem Smartphone Hilfe herbei holen.
Auch als ich mein Smartphone in die Luft hob und mit den Fingern der anderen Hand Zeichen des Tippens andeutete, kam keine Reaktion von meinem Gegenüber. Meine angedeuteten Versuche, es ihm zu reichen schlugen fehl. Ich legte mein Smartphone in den Sand und ging ein paar Schritte zurück in der Hoffnung, dass er es aufheben würde. Aber er rührte sich nicht vom Fleck, auch als ich mich noch ein paar Schritte weiter entfernte.
Plötzlich bückte sich die Gestalt und schrieb mit dem Zeigfinger seines Handschuhs Zeichen in den Sand, um nach Vollendung seiner Tätigkeit seinerseits ein paar Schritte zurück zu weichen.

Was ich beim Herzutreten entdeckte, war mir ein Rätsel. Die in den Sand gefurchten Zeichen ergaben keinen Sinn, kein Alphabet war zu erkennen, obwohl ich neben der lateinischen auch die Grundzüge der kyrillischen, arabischen und chinesischen Schrift beherrschte. Ich hatte solche in den Sand geschriebenen Schriftzeichen noch nie vorher gesehen. Ich konnte keinen Zusammenhang mit irgendeiner irdischen Schrift herstellen.

War der Unbekannte ein Scherzbold, der sich mit der Verkleidung als Astronaut über mich lustig machen oder einfach nur Aufsehen erregen wollte? War sein Auftritt womöglich ein Teil einer Fernsehsendung, etwa der Sendung „Verstehen Sie Spaß?"
Aber ein Filmteam oder eine Kamera konnte ich nirgendwo entdecken.

Oder war dieser Besucher vielleicht ein Alien? Ganz ungewöhnlich war diese Annahme nicht. Das wollte ich herausfinden. Denn ein Besuch unseres Planeten durch Bewohner anderer Galaxien war ja aufgrund neuester Forschungen nicht auszuschließen. Dafür sprach, dass der Besucher seinen Helm nicht abgenommen hatte. Vielleicht vertrug er unsere Atmosphäre ja nicht.
Ich beugte mich nieder, um in verschiedenen Sprachen das Wort „Willkommen" in den Sand zu schreiben. Als ich damit fertig war, wich ich um den zwischen uns stillschweigend vereinbarten Sicherheitsabstand zurück.
Der Astronaut beugte sich über meine Schrift. An seinem Verhalten konnte ich erkennen, dass er meine Botschaft nicht verstand. Also musste er doch ein Alien in menschähnlicher Gestalt sein.

Hinter mir war ein joggendes Pärchen näher gekommen, das den Fremden noch nicht entdeckt haben konnte, denn es unterhielt sich beim Laufen miteinander, wobei es die Köpfe einander zugewandt hielten.
Plötzlich vernahm ich ein Geräusch, das wie ein leises Zischen klang. Ich drehte mich wieder zu dem Unbekannten um und verfiel in ungläubiges Staunen: Vor meinen Augen erhob sich der Raumfahrer über einem Feuerstrahl, der aus der Unterseite seiner klobigen Stiefel schlug, und entschwand immer kleiner werdend im türkisblauen Himmel.
Als die beiden Jogger mich erreicht hatten, fragte ich sie, ob sie eine Gestalt im Raumfahreranzug und Helm gesehen hätten.
Aber sie schüttelten nur stumm den Kopf und setzten ihren Lauf fort.
Zuhause angekommen erzählte ich meiner Frau von meinem Erlebnis. Dabei fiel mein Blick auf einen grafitgrauen Quarzit mit seltsamen,

Dendriten ähnlichen Zeichen auf seiner Oberfläche, den ich einmal vom Strand in Hoben mitgebracht hatte und der in einer Glasschale unseren Essstisch schmückte.

Ich nahm ihn hoch und zeigte meiner Frau zugewandt auf den Stein: „Da sind auf dem Quarzit genau die Zeichen zu sehen, die der Unbekannte in den Sand geschrieben hatte und die ich mit der Kamera meines Smartphones aufgenommen habe!"

Aber das konnte doch gar nicht sein, denn dieser Quarzit stammte aus dem Erdzeitalter des Präkambrium und war somit über 1 Milliarde Jahre alt.
Wie ich anfangs schon bemerkte: Niemand wird mir die Geschichte glauben.

Die Monsterwellen

Die schreckliche Flutkatastrophe in Südostasien hat mich an ein Erlebnis mit „Kaventsmännern" (Seemansbezeichnung für Tsunamis oder Monsterwellen) erinnert, das sich im Jahr 1957 abspielte.

Um die Zeit bis zum Beginn meines Studiums sinnvoll zu nutzen, hatte ich bei einer Hamburger Reederei auf einem Tanker als Decks-Boy angeheuert. Ein Freund hatte mir das geraten: er konnte sich auf diese Weise ein kleines finanzielles Polster für die Studienzeit anlegen.

Als ich auf dem Tanker „MS Faust" der „Pegasus-Line" von Mobil Oil die Hansestadt Bremen verließ, ahnte ich noch nicht, wie erlebnisreich diese Fahrt für mich werden würde.
Ich war dienstjüngstes Mitglied an Bord und wurde von allen „Frischling" gerufen. Nach altem Seemannsbrauch jagte man mich natürlich erst einmal gehörig ins Bockshorn. Zuerst sollte ich für den "Eins O", dem 1. Offizier den Kompassschlüssel holen, dann für den Smutje in der Kombüse die Kümmelspaltmaschine heranschaffen und zu guter Letzt für den immer durstigen 1. Ingenieur eine Flasche Bilgenwasser besorgen. Merkwürdig war, dass ich von allen nach den Fundorten Befragten von Pontius zu Pilatus geschickt wurde, bis mir irgendwann die Sinnlosigkeit meines Unterfangens aufging. Die „Strafe" für mein „Versagen" folgte auf dem Fuß: eine martialische Reinigung von allen Schlechtigkeiten, bösen Geistern und eine Taufe mit Klabautermann-Extrakt für eine Wiedergeburt als vollwertiger Seemann. Ich wurde zunächst mit einer Scheuerbürste gründlich geschrubbt und eingeseift, dann mit einem abscheulich riechenden und ebenso schmeckenden Sud abgefüllt und anschließend in einer mit Seewasser gefüllten Tonne durch kräftiges Untertauchen von außen und innen „gereinigt". Nach dieser Prozedur, die auch heute noch in etwas harmloserer Form an „Neulingen" vollzogen wird, durfte ich mich als in die Mannschaft aufgenommen fühlen.
Nach vollzogener Taufe auf hoher See erhielt ich vom "Eins O" vor versammelter Mannschaft mein „Seemannszeugnis" als Moses

149

überreicht: Die Zeremonie endete für mich im Leeren eines großen Glases Absinth, einer Mixtur aus Branntwein, Wermutöl und Aniskrautextrakt. Mir kam es so vor, als grinsten die Seemänner, bevor ich das Glas mit der grünlichen Flüssigkeit wie befohlen in einem Zug leerte. Kurze Zeit später war ich sturzbetrunken. Als ich in der Nacht in meiner Koje erwachte und den Durst mit einem Glas Coca-Cola bekämpfte, erlebte ich meinen zweiten Rausch. So ging es zwei volle Tage lang: jede Flüssigkeit, die ich zu mir nahm, versetzte mich unter dem mitleidigen Grinsen der Mannschaft in einen erneuten Trunkenheitszustand.

Aber das ging vorüber und ich wurde fortan als vollwertiges Mitglied der Mannschaft behandelt.

Unser Reiseziel waren die Vereinigten Staaten von Amerika, wo wir in der im Golf von Mexiko gelegenen Raffinerie vor der Hafenstadt Corpus Christi Erdöl für Deutschland bunkern sollten. Aber schon in Höhe der Inselgruppe der Azoren fiel nach plötzlich einsetzender heftiger Rauchentwicklung aus dem Schiffsschornstein die Dieselmaschine aus.

Wir ankerten in Ufernähe, um den Schaden zu beheben. Wir hatten nämlich einen neuartigen Schiffsmaschinentyp an Bord, einen gegenläufigen Doppeltauchkolben-Schiffsdiesel, der bislang problemlos gelaufen war und nun ohne Warnzeichen einen Kolbenfresser erlitten hatte. Bis die Ersatzteile angeliefert und eingebaut waren, lagen wir vor Anker auf Reede und nutzten die Freizeit, nach Übersetzen auf die Inselgruppe die damals noch weitgehend unberührten Azoren ausgiebig zu erkunden.

Nach einer Zwangspause von 10 Tagen konnten wir die Reise fortsetzen. Zur Erprobung der reparierten Maschine unter „Echtbedingungen" fuhren wir nun unter Ballast, d.h. mit Öltanks, die mit Seewasser gefüllt worden waren. Dieser Umstand sollte uns ein paar Tage später vor größerem Schaden bewahren.

Die nächste Zeit war mit Bordarbeit ausgefüllt.

Ein Moses wurde nämlich nach alter Seemannstradition mit allen Arten von Hilfs- und Handlangerdiensten betraut. Meine Hauptarbeit bestand im Rostklopfen und Pönen (Seemansbezeichnung für „Anstreichen") von Deck und den zahlreichen Rohrleitungen. War ich am Heck des Schiffes mit den Ausbesserungsarbeiten angekommen, durfte ich am Bug wieder neu anfangen. Denn im rauen Salzwasserklima bildete sich innerhalb kürzester Zeit neuer Rost an den Eisenteilen.

Auf der Schiffsreise beeindruckte mich besonders das Sargasso-Meer, ein im atlantischen Ozean treibender bis zum Horizont reichender schwimmender Teppich aus Beerentang. Wir passierten auch die „Nehrung", eine sich am Aufeinandertreffen von unterschiedlichen Meeresströmungen gebildete Ansammlung von driftenden Abfällen, die bei früheren Schiffspassagen „über Bord gegangen" waren und sich nun in endlos langen Würsten durch das Meer hinzogen, wir beobachteten Tümmler, die im Vorschub der Bugwelle ihre Wasserspiele und Sprung-Flug-Kunststücke vollführten, sich dann seitlich zurückfallen ließen, um mit ihrem übermütigen Kunststücken neu zu beginnen. Stundenlang konnte man diesem fast schwerelosen Spiel vom Bug aus zuschauen. Immer wieder tauchten die Tümmler wie aus dem Nichts auf und verschwanden auf dieselbe Weise, um sich dann Stunden oder Tage später erneut dem Schiff zuzugesellen.

Kurz vor Sonnenuntergang schwirrten Schwärme von fliegenden Fischen, die wie Riesenlibellen aussahen, neben dem Schiff in 1 bis 2 m Höhe einher, um nach kurzer Flugstrecke wieder in die Wasseroberfläche einzutauchen und zu neuem Gleitflug zu starten. Nachts erlebten wir gelegentlich ein im Wellengang auftretendes mystisch anmutendes Leuchten von Myriaden von grünen Punkten. Dieses Meeresleuchten wurde von phosphorisierenden Wassertierchen mit Leuchtbakterien verursacht.

Einmal überraschte mich während einer nächtlichen Wache das sagenumwobene Nordlicht. Es begann in sternenklarer Nacht mit einem blassgrünen Glimmen dicht über dem nördlichen Horizont, einem fernen Wetterleuchten ähnlich, dem blassblaue Lanzen folgten, die immer höher aufsteigend den Polarstern zu erklimmen versuchten. Und urplötzlich hob ein farbenprächtiger Flammenzauber an, in

Feuerzungen aufwallend und wieder in sich zusammenstürzend, der sich in Wellen als ein bunter Vorhang im Wechselspiel der Farben mit Geisterhand über den Himmel schob wie über eine große dunkle Leinwand, um in leuchtenden Strängen aneinander gelehnt kurz inne zu halten, um dann erneut zu Feuerstürmen aufzulodern und in sich zusammenzufallen wie ein versiegender Wasserfall, bis der Farbentanz aufs Neue die Himmelsschwärze eroberte, schwallend, gleißend, schimmernd in rascher Farbreihung hin und her stürmend in immer grandioseren Farbgebirgen und -kompositionen entlang der Tag- und Nachtscheide, um endlich abrupt zu entschwinden, ohne einen einzigen Farbtupfer zu hinterlassen.

An einem der ruhigen Tage gönnte ich mir in meiner vierstündigen Freiwache eine Siesta auf dem über der Kommandobrücke gelegenen Peildeck, während Kapitän und Mannschaft in der Messe ihr Mittagsmahl einnahmen. Nur der 1. Offizier und der Steuermann taten Dienst auf der Kommandobrücke. Auf dem Peildeck herrschte nämlich Ruhe, wenn man das ferne und leise Pochen des Schiffsdiesels überhörte.

Nirgendwo an Bord des Tankers war man dem Himmel näher als dort. Nichts deutete auf ein außergewöhnliches Ereignis hin, die See war still, die Wasseroberfläche glatt, kaum ein Lüftchen regte sich, die Sonne strahlte vom azurblauen Himmel. Das Schiff folgte den trägen Bewegungen der Dünung, eine lange Spur aus aufgewühltem, von der Schiffsschraube schaumig gequirltem weißlichen Wasser hinter sich herziehend.

Eine eigenartige Stimmung, die ich mir bis heute nicht erklären kann, veranlasste mich, meinen Liegestuhl zu verlassen und den Blick über das Wasser schweifen zu lassen. Ich traute meinen Augen nicht: seitlich zu der Fahrtroute unseres Schiffes baute sich eine immer näher kommende und dabei höher wachsende grünlich schimmernde Wasserwand auf. Fast unwirklich erschien dieses Ereignis, das sich in völliger Lautlosigkeit vor meinen Augen abspielte.

Fassungslos starrte ich auf die näher kommende Bedrohung. Nach einer Schrecksekunde stürzte ich laut rufend zur Kommandobrücke herab, wo ich durch ein seitliches Fenster den 1. Offizier vor dem Radargerät sitzend und den Steuermann über die Seekarten gebeugt sah. Die Rudermaschine war auf Autopilot eingestellt, eine Maßnahme, die auf wenig befahrenen Routen den Steuermann entlastete.

Als ich die Tür zur Kommandobrücke aufriss und auf die inzwischen gewaltig an Höhe gewonnene Wasserwand deutete, hatten beide bereits das nahende Unheil erspäht. Mit einem Satz hatte der Steuermann das Ruder erreicht und versuchte mit heftigen Drehbewegungen und Kommandos zum Maschinenraum die Fahrtrichtung des Schiffes hart nach Backbord direkt auf die heran gleitende Wasserwand hin zu ändern. Langsam, für meine Vorstellung viel zu langsam, begann das Schiff dem Ruderkommando zu folgen.

Ich wusste, dass man mit dem Bug voraus einen Wellenberg relativ gefahrlos durchschneiden konnte, während ein volles seitliches Auftreffen einer Wasserwand diesen Ausmaßes auf das Schiff dieses unweigerlich zum Kentern bringen musste.

Unendlich langsam drehte das Schiff immer noch Richtung Wasserwand, die inzwischen fast die Höhe der Kommandobrücke erreicht hatte. In der nächsten Sekunde wurde der Tanker, der mit seinem Bug inzwischen immerhin einen 45-Grad-Winkel zur Laufrichtung der herannahenden Monsterwelle erreicht hatte, fahrstuhlartig hoch gehoben, dann mit unheimlicher Wucht auf die Seite gelegt und von einem gewaltigen Wasserberg förmlich begraben. Alles, was nicht niet- und nagelfest war, wurde durch den Raum der Kommandobrücke geschleudert. Der Rudergänger, der 1. Offizier und ich klammerten uns an den am Boden verschraubten Beinen des Kartentisches fest.

Dunkelheit umfing uns. Ein gewaltiges, ohrenbetäubendes Donnern, Gurgeln, Rauschen und Brausen dröhnte in meinen Ohren. Das letzte was ich vor dem Aufprall des Wassers noch wahrgenommen hatte, war ein außergewöhnlicher Anblick: Der gewaltige Wasserberg wurde im Gegensatz zu üblichen Wellenbergen von keiner Schaum- oder Gischtkrone gekrönt, was ihn schon aus weiterer Entfernung her eher erkennbar gemacht hätte.

Langsam begann sich das Schiff wieder aufzurichten, die Helligkeit kehrte zurück: gewaltige Wassermassen stürzten in Strömen und Wasserfällen und breiten Bächen kaskadenartig an Aufbauten und Bordwänden herab in die aufgewühlte See, begleitet von einem kakophonischen Rauschen und dumpfen Poltergeräuschen.

Ich hatte mich gerade aus meiner Erstarrung gelöst und aus der noch immer vorhandenen Schräglage des Tankers erhoben, als eine zweite Wasserwand über uns hereinbrach. Wie im Zeitraffer wiederholten sich die zuvor durchlebten Ereignisse. Wieder wurde ich heftig zu Boden geschleudert, legte sich das Schiff dem Kentern nahe auf die Seite und die Wassermassen verrichteten ihr Horrorszenario wie beim ersten Auftreffen auf das Schiff.

Nach einiger Zeit, die mir wie eine Ewigkeit vorkam, bewegte sich der Schiffsrumpf, um allmählich die Horizontale wieder zu gewinnen, schwerfälliger als eben zuvor. Erst langsam wich die Lähmung von mir. Ich löste meine Hände vom fest umklammerten Ruderblock und richtete mich erneut auf. Steuerbord achtern zog die zweite Wasserwand lautlos davon, unaufhaltsam, bis sie am Horizont verschwand. Das Meer war wieder spiegelglatt, das Schiff hob und senkte sich fast unmerklich in der leichten, langen Dünung, als ob nichts geschehen war.

Es herrschte eine gespenstische Ruhe. Fast wollte es mir scheinen, dass das ganze Ereignis nur ein Spuk gewesen war, als mein Blick auf das Deck fiel: ich bemerkte, dass es nicht mehr so weit aus dem Wasser ragte als noch vor dem Aufprall der beiden Monsterwellen. Die aus armdicken Rohren gefertigte Reling lag umgeknickt platt auf Deck, umspült von den immer noch gurgelnd ablaufenden Wasserbächen. Ich vernahm das rhythmisch saugende Zischen der Lenzpumpen, die sich automatisch eingeschaltet hatten: durch die auf das Schiff einstürzenden beiden Wasserberge waren, wie ich später bemerkte, die Türen zum Niedergang unter Deck zu Kleinholz zertrümmert worden. Und durch die unter hohem Druck eingedrungenen Wassermassen waren die Messe, Vorratslagerräume und mehrere Mannschaftslogis unter Wasser gesetzt worden. Auch der mehrstöckige Maschinenraum hatte eine gehörige Ladung Seewasser abbekommen, das in der Bilge hin und her schwappte. Zum Glück war niemand über Bord gespült oder ernsthaft verletzt worden.

Wären wir nicht unter Ballast mit nur 1 m Freibord gefahren, hätte der ungünstige Auftreffwinkel der Monsterwellen auf den Schiffskörper den üblicherweise bei einer Leerfahrt viel weiter aus dem Wasser ragenden Tanker zum Kentern gebracht.

Wir setzten sofort einen Warn-Funkspruch über unsere Schiffsfunkanlage an alle Schiffe in der weiteren Umgebung und auch an die amerikanische Küstenwache ab. Keine Funk- oder Wetterstation hatte vor dem Auftreten von Monsterwellen gewarnt. Einen flächendeckenden Warndienst gab es nämlich damals noch nicht.

Auch kein anderes Schiff hatte uns trotz eines zur Zeit des Unglücks herrschenden regen Funkverkehrs gewarnt. Vielleicht deshalb nicht, weil die von uns befahrene südliche Route zur dieser Zeit nicht sonderlich frequentiert war. Da es zu der damaligen Zeit an einem Netz von Seismografenstationen fehlte, konnte die Ursache für die beiden Monsterwellen nicht eindeutig geklärt werden.

Die Wissenschaftler und Wetterfrösche schwankten in ihren Beurteilungen der Ereignisse nämlich zwischen einem die Monsterwellen auslösenden Seebeben in Höhe des nordatlantischen Rückens und einem unterirdischen Vulkanausbruch.

Dass die beiden Wellen auch ein anderes Schiff fast in Seenot gebracht hatten, erfuhren wir erst später. Auch von einem unerklärlichen kurzzeitigen Anstieg des Meeresspiegels an den Stränden der Bermuda-Inseln.

Oraculum Holoscreen

Die knapp über dem Horizont stehende Abendsonne hatte die Landschaft zu meinen Füßen in ein mattgoldenes Licht getaucht. Ich setzte mich auf eine Bank am Strandabgang von Groß Schwansee, um den Eintritt der Dämmerung und die Stille der über das Meer herauf ziehenden Nacht zu genießen.

Meinen Gedanken nachhängend spürte ich plötzlich eine Bewegung an meiner Seite.
Ein Spaziergänger hatte sich neben mich gesetzt. Aus den Augenwinkeln konnte ich wahrnehmen, dass es sich um eine Gestalt in einem langen fließenden weißen Gewand handelte. Den Kopf mit einer langen blonden Mähne hielt mein Sitznachbar wie ich auf das Meer und auf das sich in der schwachen Dünung spiegelnde Schauspiel der untergehenden Sonne gerichtet.

„Du hast eine Schreibblockade, nicht wahr?", hörte ich eine Stimme in singendem Tonfall sagen.

Da mein Nachbar mich duzte, schien er mich zu kennen. Ich wandte mich ihm zu, aber kein Erkennungssignal bemächtigte sich meiner.
„Sie scheinen mich zu kennen, da Sie mich duzen, antwortete ich, ich aber Sie nicht."
„Doch, Du kennst mich sehr gut", fuhr er fort. „Wir kennen uns schon seit vielen Jahren!"

Ich versank ins Grübeln. Wie konnte ich eine angeblich lange Bekanntschaft vergessen haben? Mein Nachbar war sich offensichtlich seiner Sache sicher, sonst hätte er mich nicht unvermittelt mit meiner Schreibblockade konfrontiert, unter der ich tatsächlich litt.

„Du hast morgen eine Lesung bei den 10. Wismarer Lesegärten im „Stadthotel Stern" und da fehlt Dir noch eine Kurzgeschichte, das stimmt doch?"

Meine Verblüffung über seine zutreffende Feststellung muss sich in meinem Gesichtsausdruck widergespiegelt haben, denn er setzte nach: „Du hast öfter an mich gedacht, als Du Dir eingestehen willst und gehofft, dass sich der Schreibfluss wieder von allein in Gang setzt!"

„An wen sollte ich oft gedacht haben?", entfuhr es mir. Wer bist Du eigentlich, dass Du es wagst, mich einfach in vertrauter Weise anzusprechen, obwohl ich Dich gar nicht kenne."

Mit leisem Erschrecken stellte ich fest, dass ich in meiner Ansprache nun auch das „Du" verwendet hatte.

Ich fuhr fort:

„Also gut, da Sie mich zu kennen vorgeben und mir unterstellen, dass die Bekanntschaft beiderseitig ist, werde ich mich nun auch des „Du" befleißigen. Wir sollten uns daher erst einmal begrüßen, wie das unter guten und langjährigen Bekannten guter Bauch ist."

Ich stand auf, wandte mich meinen Nachbarn zu und streckte ihm meine Hand hin, die er aber nicht ergriff.

„Ich kann Dir meine Hand nicht geben", hörte ich. „Denn was Du vor Dir siehst, existiert nicht real. Ich bin ein Laser gesteuertes Hologramm. Du weißt ja, dass das eine dreidimensionale Projektion ist, die sich in Luft auflöst, wenn Menschen sie berühren."

„Na schön, dann begrüße ich also eine Projektion oder ein Hologramm. Aber was soll diese Heimlichtuerei. Also, wie kommst Du hierher, wer bist Du, wieso trittst Du so auf und was willst Du von mir?"

Mein Gegenüber hatte sich ebenfalls erhoben und schaute mich mit seinen wasserblauen Augen an, wobei ein Lächeln um seine Lippen spielte.

„Ich werde von einer Cyber-Drohne gesteuert, die mit ihrem fokussierten Laser-Licht eine Projektion mit verbaler sowie digitaler Kommunikations- und Bewegungsfunktion erzeugen kann.

Und was meine Funktion betrifft:

Ich bin beim ‚DMZ‘ beschäftigt. Wir vom DMZ können uns nur auf diese Weise unseren Anvertrauten nähern und Ihnen unsere Botschaften überbringen. Wenn wir nicht wenigstens als Hologramm sichtbar in Erscheinung träten, glaubte man uns kein Wort. Nur als spirituelle Erscheinung im Bewusstsein und im Kopf mit Menschen in Verbindung zu treten, würde die Erledigung unserer Aufträge unnötig erschweren. Da würden die Zweifel an unserer virtuellen Existenz obsiegen.“

„Was bitte ist das DMZ, in dessen Auftrag Du zu handeln vorgibst?“, forschte ich nach, mein leuchtendes Gegenüber im inzwischen eingetretenen völligen Dunkel nicht aus den Augen lassend.

„Das DMZ ist die Abkürzung für Digitales Musen-Zentrum. Wir begleiten als Oraculum Holoscreeen Schriftsteller rund um die Uhr in der ganzen Welt.“

„Aha, und das soll ich Dir glauben?“

„Natürlich. Woher sollte ich sonst von Deiner Schreibblockade und Deiner morgigen Lesung bei den 10. Wismarer Lesegärten Kenntnis haben? Und vor allem, dass Dir dafür noch eine Geschichte fehlt?“

Ich wusste nicht, was ich sagen sollte. Einerseits klang die Erklärung einleuchtend. Andererseits unwahrscheinlich.

Ich fragte mein Gegenüber, ob er den Namen Erato kenne

„Selbstverständlich, Du Ungläubiger, so haben die alten Griechen die Muse der Dichtkunst genannt! Und was ich zu tun imstande bin, um Deine Schreibblockade zu überwinden, wirst Du gleich erleben, wenn Du von meiner Existenz und meinem Auftrag überzeugt bist.

Wir vom Digitalen Musen-Zentrum handeln im Auftrag von Erato. Wir gehen mit unserem digitalen Auftreten als Hologramm mit der Zeit. Auch sind wir mit einer Sprach- und Cloud-Funktion ausgestattet, sonst könnten wir die vielen Aufträge gar nicht mehr bewältigen. Schreibblockaden gibt es wie Sand am Meer – nur wollen das die meisten Schriftsteller nicht zugeben. Die reden dann gerne von schöpferischer Pause."

Ein Hoffnungsschimmer glomm in mir auf. Eine Muse an meiner Seite. Konnte es etwas Überzeugenderes als diese Erscheinung geben, die meine Not als Schriftsteller erkannt hatte und mir heraushelfen wollte?

Versonnen nickte ich stumm, meinem Gegenüber fest in die Augen blickend.

Und ehe ich mich versah, spürte ich eine Bewegung wie einen Luftzug, die mich mit einem hellen Schein wie von Geisterhand umkreiste, tausend Lichter in meinem Kopf entzündend. Als ich nach einer Weile die Augen öffnete, saß ich allein auf meiner Bank am Strandabgang.

Eine seltsame Unruhe ergriff Besitz von mir, wie ich sie selten zuvor erlebt hatte. Ich rannte im Dauerlauf nachhause in meine Ferienwohnung, klappte mein Notebook auf und schrieb wie ein Besessener diese Geschichte in einem Atemzug herunter.

Raps oder die Freiheit des Gelb

Vorbemerkung:
Anlässlich eines Symposiums im Jahre 2008 habe ich meine Schriftstellerkollegin Doris Bewernitz vom Literaturkollegium Brandenburg gebeten, mir eine von ihr vorgetragene Kurzgeschichte zur Verfügung zu stellen, die, zu meiner Verblüffung, autobiografische Elemente, auch aus meinem Lebensweg enthielt.
10 Jahre später habe ich nun diese Geschichte überarbeitet. Dabei habe ich die von Frau Bewernitz gewählte Verfremdung durch eine weibliche Person unverändert übernommen.

Leuchtendes Gelb zieht am Abteilfenster vorbei, so leuchtend, dass es ihr in den Augen weh tut. Rapsfelder, darin eingebettet erster dunkelroter Mohn wie Feuerblüten neben himmelblauen Kornblumen. Alles wie früher.
Und nun Vaters 75. Geburtstag.
Sie schafft es zum ersten Mal seit genau 5 Jahren, ihre Eltern wieder einmal zu besuchen.
Umsteigen in den Vorortzug. Sie hat das Gefühl, sie bekommt keine Luft mehr.

„Agnes, komm herein, wie schön dass Du endlich einmal wieder da bist! Setz Dich, wir haben extra mit dem Essen auf dich gewartet."

Die Mutter, kleiner geworden, zierlicher, aber in ihrem von Strenge geprägten Charakter ungebrochen.

Der Vater am Tisch wie eingefroren. Immer noch mit den traurigen Augen eines an der Welt Leidenden. Wie damals, als sie das Elternhaus verließ.

Der Vater hat am nächsten Tag Geburtstag, und spätestens an diesem Tag kommt die Mutter mit absoluter Sicherheit auf das Thema Familie zu sprechen.

Dass die beiden erheblich jüngeren Brüder Professoren geworden sind und die Tochter Agnes leider nur Diplom-Juristin. Was hätte nicht alles aus ihr werden können?

Und die Mutter wird dabei verschweigen, dass Agnes das Elternhaus vor fast fünfzehn Jahren nach einem handfesten Streit unfreiwillig verlassen musste, weil der Vater ihr Studienfach nicht akzeptierte und die monatliche Unterstützung strich. Sie hatte ihr Lieblingsfach Jura heimlich studiert, und nicht das vom Vater verlangte Studium der Geografie. Sie die Älteste sollte seine Nachfolgerin werden, ob sie wollte oder nicht.
Er hatte es so bestimmt. Ohne Wenn und Aber. Autoritär wie immer.

Und es wird auch nicht erwähnt werden, dass Agnes, obwohl auf sich allein gestellt, als Dozentenkind keine staatliche Unterstützung erhielt und ihr Jura-Studium durch Jobs in der freien Wirtschaft selbst finanzieren musste und dass sie nach dem 1. juristischen Staatsexamen in den öffentlichen Dienst eintrat, um den Lebensunterhalt für ihre gegründete eigene Familie mit zu verdienen.

Was nützte es Agnes, wenn sie den Eltern mitteilte, dass eine kleine, in deren Augen sicher unbedeutende Universität ihr letztes Jahr die Ehrendoktorwürde der Rechtswissenschaften verliehen hatte. Der Vater und ihre Brüder würden das nur mit der Bemerkung quittieren: „Für eine ordentliche Promotion hat es wohl nicht gereicht?"

Agnes hat sich vorgenommen, den häuslichen Frieden zu wahren, jetzt, da ihre Mutter immer älter und kleiner wird und offensichtlich noch immer bedingungs- und kritiklos zu ihrem Mann aufschaut.

Aber sie bringt kein Wort heraus. Die Kehle ist ihr wie zugeschnürt.

Nun machen beide ihren Mittagsschlaf und Agnes sitzt in der Stube neben der alten Standuhr, guckt aus dem Fenster in den akkurat gepflegten Garten, die wie mit dem Lineal gestutzte Kirchlorbeerhecke und den angrenzenden Wald.

Alles wie früher. Nichts hat sich seitdem verändert. Und sie denkt wieder: Raps. Schweigende Felder. Das leuchtende Gelb: Inbegriff der Freiheit! Halte durch. Es sind deine Eltern. Sie hatten es schwer. Krieg, Hunger, Aufbau. All das. Und 3 Kinder groß gezogen.

Agnes beide jüngeren Brüder hatten es leichter. Sie sind in ihrem Windschatten groß geworden.

„Morgen kommt das Kollegium zur Gratulation", sagt der Vater wie beiläufig beim Abendbrot, als er sich gerade eine Scheibe Müritzer Käse auf die Schwarzbrotscheibe legt.

„Wer kommt denn alles?", fragt Agnes. Sie freut sich, dass der Vater sie einmal direkt angesprochen hat.

Der Vater nennt nun Namen und Titel, allesamt seine Professorenkolleginnen und –kollegen.

„Übrigens Agnes", sagt der Vater und starrt angestrengt auf die Schwarzbrotscheibe.

Dieses verkrampfte Starren bekommt er immer, wenn er von der Mutter beauftragt wurde, der Tochter etwas Wichtiges und Unangenehmes mitzuteilen:

„Übrigens Agnes, das Kollegium", wiederholt er und räuspert sich. „Mutter und ich sind noch nicht dazu gekommen, es ihnen zu sagen, dass Du anders als Deine Brüder nicht mal einen Doktortitel erworben hast. Und Du bist ja nun morgen beim Kaffee dabei, es wäre gut, wenn das Gespräch nicht darauf käme. Und wenn doch: Du weißt schon, was ich meine… Schweig einfach oder mach Ausflüchte!"

Nun ist es also heraus, er hat es geschafft und lässt erschöpft Gabel und Messer sinken. Ich soll also wieder einmal mich und meinen vergleichsweise minderwertigen gesellschaftlichen Stand verleugnen. Die Tochter eines Professors, die es im Gegensatz zu ihren Brüdern nur zu einem Diplom geschafft hat. Deren man sich schämen muss vor dem Kollegium.

„Ich soll lügen, wenn ich nach mir gefragt werde?"

Die Mutter gießt Tee ein. Rückt den Brotkorb und die Butter zurecht.

„Das ist nicht wirklich eine Lüge", sagt der Vater leise. „Denk auch mal an uns und an meine Reputation als ordentlicher öffentlicher Professor."

Agnes starrt auf ihre Tasse. Die Farbe des Pfefferminztees verschwimmt vor ihren Augen. Sie sieht Rapsfelder. Aus der Tasse mit den aufgemalten zarten strohgelben Blumen hat sie schon als Kind getrunken, ein Geschenk ihrer Patentante.

Dieser Satz: „Denk auch mal an uns", gebetsmühlenartig vorgetragen.

Sie könnte aufspringen, wie damals, als sie im Zorn das Elternhaus verließ.

Sie könnte alles von diesem sauberen Tisch hinunter fegen. Das Geschirr würde in tausend Scherben auf dem sauberen Parkettfußboden landen.

Sie hätte große Lust, all das Saubere kaputt zu machen, die Welt der Eltern zu zerhauen, um sich zu schlagen. Den Vater am Kragen packen und ihn schütteln: „ich soll **mal** an Euch denken, **mal**?"

Sie bleibt sitzen. Sieht dem Aufruhr in sich wie gelähmt zu. Ein kräftiger Wirbelsturm von Gefühlen, der in ihr tobt.

Nach einer Weile, die ihr wie eine Ewigkeit vorkommt, siegt ihre Ernüchterung. Ihre Eltern tun ihr leid. Und die Welt, in der sie gefangen sind. Aber wie weiß, dass sie sie nicht erreichen kann, mit keinem Wutausbruch, keiner Bloßstellung, mit keiner Erklärung, dass ihr die Ehrendoktorwürde von einer in ihren Augen sicher unbedeutenden Universität verliehen wurde.

Sie hat die Wahl, sich selbst zu verleugnen oder ihre Eltern bloß zu stellen. Und sie begreift, dass sie nicht gewillt ist, sich zwischen Lüge und Rache einklemmen zu lassen.

Die Angst der Eltern vor der Offenlegung der Wahrheit schwebt über dem Küchentisch, eine Angstpyramide türmt sich höher und höher, je länger das Schweigen am Abendbrottisch dauert.

Und plötzlich ist in Agnes das Gefühl der Genugtuung erloschen. Wie das Gelb der Rapsfelder am Ende der Blüte.

„Weißt Du Papa", ich kann Dir auch morgen früh gratulieren. Du hast ja den ganzen Tag Geburtstag. Und dann nehme ich den 11 Uhr-Zug. Das ist besser für mich."

Der Vater sieht sie erschrocken an.

„Und für Euch beide auch", fügt Agnes hinzu.

„Also Agnes", sagt die Mutter, „Du willst wohl Deinem Vater seinen Geburtstag nicht verderben." Es soll herrisch klingen. Aber Agnes hört nur Angst.

Die beiden werden wohl schon wochenlang darüber gegrübelt haben, wie sie Agnes Minderwertigkeit kaschieren können.

„Eben", unterbricht Agnes die aufkommende Stille, „genau das will ich nicht. Deshalb ist es besser, ich fahre schon am Vormittag. Denn ich werde nicht mehr lügen!"

Der Vater guckt immer noch erschrocken. Der Tisch wird schweigend abgeräumt.

In Agnes Kopf fahren Gedanken Karussell: *„Keine Lügen mehr. Ich habe immer an Euch gedacht. Ich habe schon zu oft für Euch gelogen und mich und meinen Status und Stand verleugnet. Damit Ihr Euch nicht meinetwegen vor den Professorenkolleginnen und –kollegen schämen müsst. Wenn ich wenigstens etwas verbrochen hätte! Dann hättet ihr wenigstens einen Grund!*

Ich hatte solche Sehnsucht nach Euch. Aber jetzt nicht mehr."

Agnes sieht sich in der obersten Gondel eines Riesenrads sitzen, fast im Himmel. Ganz unten am Fuße des Riesenrads stehen ihre Eltern, zwei winzige Punkte, und Agnes winkt ihnen zu. Diese Trauer in ihr. Über die Anstrengungen, ein gutes Kind zu sein. All die Jahre.

Diese Freude in ihr. Der Erdenschwere und aus dem Gefängnis des Wohlverhalten-Müssens entflohen zu sein.

Agnes sieht den Himmel über sich, tiefblau, hält sich fest, schaut nicht mehr nach unten, sondern richtet ihren Blick auf den Horizont. Überall Gelb. Leuchtendes Gelb. Soweit das Auge reicht.

Die Freiheit des Raps zwischen Himmel und Erde.

Ihre Freiheit.

Gedichtzyklus Lebensreise

Eine Anleitung zum Verständnis

Lyrik erzeugt eine eigene Wirklichkeit. Der Dichter verarbeitet und verdichtet Gedanken, Empfindungen, Bilder, Vorstellungen und bringt das Ergebnis in eine Kunstform. Er fungiert gleichsam als Operateur, der dem aus sich heraus entstehenden Gedicht seine Sprache und das dazugehörige Handwerk zur Verfügung stellt. Und je optimaler die Instrumente von Wortwahl, Rhythmus, Metrik, Melodie und Klang des Werkes dem Bild und der eigenen Imagination des Dichters angepasst sind, desto mehr wird das Gedicht seine Bestimmung erfüllen können: Den Leser zu erreichen und in seinem Bewusstsein neu zu entstehen. Was nicht heißt, dass die innere Rückübersetzung durch den Leser in seine eigene Vorstellung in jedem Fall den Intentionen des Dichters entsprechen muss. Wichtig ist, dass das Gedicht seinen Leser erreicht, ihn an- und berührt, sich in ihm entfaltet und eine Kette von Assoziationen und Empfindungen auslöst. Diesen Akt der Gedichtwerdung bezeichnet man auch als den verborgenen Zauber, der einem Gedicht innewohnt.

Gottfried Benn definierte, was ein vollendetes Gedicht ausmacht: „In sich ruhend, aus sich leuchtend, von langer Faszination."

Ich möchte hinzufügen: „Von einem Zauber umgeben, unterwegs, um in einem Leser neu zu entstehen."

Mit den bildenden Künstlern und Schriftstellern Dirk-Uwe Becker und Reinhard Mermi arbeite ich in Literaturvereinen, darunter dem Europa-Literaturkreis Kapfenberg (Österreich) zusammen. Im Jahre 2005 gründeten wir Autoren eine offene Autorengruppe mit dem Namen LEGUAN.

Inhaltsverzeichnis Gedichte

die vögel wissen nicht von ihrem tod in den windflügeln
und nichts vom scherenschnitt durch ihre zugbahnen

vogelflug im gezeitenland

rastlose blätter
in aschfahlem gewand,
aufgerichtet
zu astlosen wäldern-
gezeichnetes land,
gezeitenland:
leergedreht
erträgst du die
schlagmahlenden mahnmale,
das sensige sirren
von gewaltigen scheren:
den dreigekreuzigten
vogelflug,
vogelfluch im fremdlingsland:
niemand begräbt
ihren gesang
in den lichtflirrenden gräben,
niemand ritzt
ihre weisung
in die geschundenen himmel,
niemand wieder.

zwischenzeitwache

uns bleibt die erinnerung
von je her
unwiederholbar vorausgeahnt
in jedem
aufgehobenen augenblick
etwas näher dem diesseits als üblich
doch nie mehr annähernd genug
im dahinter zurückgebliebenen
schon vorauserlebten
bevor es sich
aufmacht
die gegenwart abzustreifen
wie einen tagtraum
in der zwischenzeitwache
der anfangs nicht weichen will
in das immer schon vorbestimmte vorher:

es wohnt ein trost darin
dass ich mich mitnehmen kann
in mein vergangenes morgen
unzerstörbar darin verwoben
und nicht mehr daseinslastig

von der leinwand aus grobtuch, die ihr weiß an die farben verliert und ihre unschuld im
zusammenfluss des regenbogens wiedergewinnt.

inferno der farbstille

tuschen

im kräuselmeer
japsen die kähne
nicht mehr nach wasser:
sie ruhen im altenteil der
himmelsrinde;
groß gräbt sich das ein
ins blau meiner wolkenhände-
wie farbschwallige tuschen,
in sich zurückgeflutet:
tiefweisse faltenspalten schürfend
nach henna und asche.

gemälde

hier unter dem sanddorn,
wo sich die bilder entwirren:
im augenblick der sinnung
erfüllt sich das fragbare,
das sagbare der gemälde:
magische innensichten
der lichtsüchtigen iris,
bewegungen vorgaukelnd,
das greifbare dahinter,
was die flächen überkriecht
im vieltupfigen räumefluss:
das inferno der stille
im auge des regenbogens

das angespülte watt vor den deichen wird zur landgewinnung mit einem system von gräben durchzogen, die „grüppen" genannt werden

sturmsprünge

sturmsprünge
über
furcht geduckte deiche
wo die windschiefe
sich nicht aufrichtet
im vorwissen
der schwallwasser
die sich überkrümmen
im ansturm der meerberge
da die flutwende
die wolken anschrägt
ihren dunklen saft
austrinkend
auswindend-

über dem schüttigen
grüppenland
wartet
geduldig der herbststurm

dieses gedicht fußt auf den erfahrungen, die ich mit dem wind gemacht habe: heiß, kühl, feucht, fordernd, treibend, heiter, besänftigend: der große wolkenformer, himmelsklarer, sturmzauberer, zerstörer, aber auch der bestäuber und befeuchter allen lebens, der an den zeitläufen nagt, die jahreszeiten aneinander treibt und auseinanderjagt, der mich umfächert, tröstet, der mich nie in ruhe lässt, der sich an mir schabt, in mich hineinbohrt, mich frösteln lässt, weiterzieht und sich mir in meinem aufbruch mit seinen gesängen entgegenstemmt, der mir meinen standort streitig macht, weil er selbst keinen besitzt. über ihn, den ungebetenen freund, der sich unaufhörlich aufdrängt, habe ich dieses gedicht geschrieben: über den wind, den einsamen jäger zwischen den horizonten raum und zeit...

schlaf auf dem wind

wind
der die zeit forttreibt
hinter die horizonte -
der den leisen atem
des nachtflugs behaucht -
den frühtag
mit lichtsamen bestäubt -
der die gedanken
der menschen sammelt -
ihre geschichten verstreut
unentwegt -
wind
der unstet umherspringt
weil er die stille fürchtet
der immer schon wegweht
bevor er ankommt :
nur wer auf dem wind schläft
wird ein zuhause haben
überallhin
überallher

ich habe kein zuhause. ich halte mich in bereichen auf, die ich mir erdenke; ich suche nach einem land, auf das niemand einen anspruch erheben kann: mein niemandsland.

entfernung

im hierland
leb ich
wie im anderland
halb entfernt von mir -
zeitgleich
mit gedankenspalten
die sich auftun
ohne unterlass -
sich springflutig
füllen mit
sprachschlacke
fühlmüll:
unaufhörlich
entferne ich mich
von der zeit
die mir den rücken kehrt -
suche das wunschland
wo sich vergessen
nicht von erinnern
scheidet -
manchmal
in der zwischengleiche
spiele ich
mit meinen schritten
meinem zwieblick
niemandsland

ginstermond

blätter rosten
heran -
hoch über
dem wacholder
friert schon
der ginstermond
erstarren
die gezeiten
im ahnungsweiß:
nur ein
letztes grün noch
glimmt
im auge
des eisvogels

einmal im jahr zieht eine lang gezogene prozession von kindern mit golden bemalten gesichtern und in lange gewänder gehüllt über einen mit steinkreuzen gesäumten weg durch die lavendelfelder der ardèche, um der toten kinder zu gedenken.

die kinder von ardèche

über den sandhöhlen
im zikadengesirr
wenn kupfer-
wolken
zypressen bewachen -
die zeit
nach hyazinthen duftet -
singen kinder
mit vergoldeten mündern
die prozession der
steinkreuze
verirren sich die stimmen
im labyrinth der lavendel -
hecken
tanzen buntfalter
um die letzte honigsüße
im hitzegeflirr -
morgen
wenn regen
in die erinnerung
rinnt—
die dämmerung
ihr lila gewand
anlegt –
faltet das meer
die träume der kinder
zu marmorwellen

draußen die welt

draußen die welt
sei gelb
sagen sie
die älteren
gewöhnten sich
beizeiten
an schwefel
gebackene himmel
zitronenblut
im aug

auch die nacht
hülle sich in
safrangewänder
sagen sie
doch am ende
des gelbs
wüchsen farben

nachtzug, nachtwüste

licht schienen in die luft
geritzt eisernen strängen
folgend in holpriger
abweiche überkreuz das
tunnelöhr suchend
schottergeräusche vom
abrieb der radkränze
ertaubt linige stationen
fluchtartig erleuchtet
ein schlangenleib
in der nachtwüste

ratternde träume von
müde geschliffenen
achsen schlingernder
herbergen

im park von schloss sanssouci findet man an wegen und plätzen auf pfeilern und säulen aus marmor
modellierte köpfe von göttern, künstlern, gelehrten und feldherrn.
diese halb-statuen werden hermen genannt.

marmorbleiche
(impressionen aus dem schlosspark sanssouci)

aus verschattetem grün
gewachsene marmor-
bleiche zu säulen
verjüngt jasminweiß
heraus geduftet
zu wolkenbeeten

verwunschenes flötenspiel
vorm kaskadengang
trunkene putten
an steinschalen
gefesselt die über-
fließe bewachend
am tempel der
vergrauten engel

im blättermeer drüben
versteckt sich die zeit
hinter den hermen

alsen: *ein dem verfall überlassenes zementwerk, das zu neuem grünen leben erwacht*
szenisches gedicht in 8 bildern über eine brachschöpfung

1
ackerland
vorzeiten entfurcht -
woraus die steinhäuser aufwuchsen :
gewaltige hallen, eisengestrebt -
kalkhügel, tongebirge bergend
den maschinenströmen ausgeliefert,
den schleppfängern der glutschlote.

2
graustaub, mergelgemengt
legt sich auf die gestänge,
reitet auf den druckflusszeigern,
belagert die förderschlangen,
die ihre fracht zurechtrütteln
für die glühtrichter,
die zementgemahlenen opake.

3
der tod legt sich über die gebäude,
kriecht in die gemäuer,
erklimmt die räderwerke,
rollt auf den schienen
zu den abfüllstationen -
er erstickt die feuer mit
seiner wanderasche,
saugt sich an den rauchsäulen fest,
schiebt die zeit vor sich hin und her,
damit sie sich nicht besinnen kann.

4
nichts regt sich mehr
auf dem ruinengeviert
die luft verstieß ihren atem,
und die schatten verleugnen
das licht der stille.

5
nirgendwo lauert ein steinmarder
hinter den ausgespieenen betonbrocken
nie mehr schreien die pellets
die angst vor der flammendörre
aus den sinteröfen
wie ehdem –
6
nur die spottdrossel hockt noch
in den mauerbrüchen -
nistet in den hungerhöhlen,
sie füttert ihre wächserne brut
mit aschekäfern der schlackenhalden,
mit steinlarven,
die der kalkstarre entkamen.
7
ich suche in meinem zeitfenster
die erinnerung
und finde sie zur unzeit :
hinter dem jungen grünflug,
der sich anschickt,
die zementbrache zu überklettern,
wurzel für wurzel
den schlingwuchs anklammernd
an schotter, fallroste, gemäuer,
lautlos dem rispenflug
die samen vorausschickend
zum einfall der frühblüher,
den vorboten des steinblattwerks.
8
ich spüre die langsame schöpfung
in jedem sprieß trümmerkraut:
ich fühle leben
unter der hülle des planeten,
unbeirrbar.

flutmale (aquiteia II)

glockengeläut
wandert im mittagsgold
über travertin gemeißelte
paläste die ihre flügel
ausbreiten über die stadt -

blüten von campanula
färben die marmorgassen
duften die innenhöfe aus
verlieren sich
unter brückenbögen

doch auf den piazzen
zu füßen der kanäle
maskieren sich schon
die flutmale

schafgarbengelb

der tag brennt sich
schafgarben-
gelb in die sonne
halme flirren im
erntefieber
über
den luftspiegelungen
wogen
drosselwolken
treiben
herbstliches vor sich her -

über dem dämmerfeld
rüstet sich die sichel
zur mahd

was ich mir im laufe meines lebens vertraut gemacht, liebgewonnen und bewahrt hatte und doch hergeben musste: kinder, ihre worte und gedanken...sie sind mir aus meiner zeit gefallen, nach und nach und unaufhörlich...

meine verlorenen kinder

meine verlorenen kinder
die meine zeit verließen
so viele momente
die davon gingen
und tiefer aus mir heraus
die erinnerungen
an kinderstaunen
mit meinen gefühlen
beschichtet das lachen
aus ihrer weltsicht und
die bunten kleider
der anmut

horizonte malen wollte ich
für meine kinder
und ihre sandburgen fragen
wohin mit den meeren
und der geteerten erde
und den purzelbäumen
der zukunft

kein rückholweg öffnet
sich weit weg genug
und der himmel verblasst
in meinen bilderbüchern

windfächer

dass du mich mitnähmest
einen wellengang lang
auf ungestümen weg
zur himmelsscheibe
und mich aussetztest
den wilden wolken
die mich verwandelten
in ein hagelkorn
flügellos
und herabstießen
zum meer
um wieder dünung
zu werden
einen windfächer
erinnerung
mit mir tragend

traumpferde

I
über den wassern
im anflug des blaus
die tragik der horizonte
die nichts festhalten
keine rufe der wildgänse
und nicht die traumpferde
mit ihren sternenhufen
die ihre mähnen zerfransen
zu blassgewölk und
die sonne verscheuchen
hinter die kleine zeit
der schwebe

II
und über den lüften
das verlöschen der
zaubersprüche die
den flügeln des pegasus
das fliegen lehrten

himmelsfurten

wie hielt mein blick
dem deinen stand
und fiel mir nicht
ins unerklärte ich
und sah das nicht
gesagte wort in
deinem aug und
fühlte wie die zeit
zerfiel zu fernem
staub -
und blieb ein bild
von dir zurück
die flügel schon
gestreckt nach
himmelsfurten
dahin mein fuß
nicht folgen kann
in diese räume nicht
und keinen engels
wegen in unbetretnem
land

engelstod

am ausgang der welt
zerbricht das meer
seine wellen zersägen
wolken ihre ränder
in rostendes blau so
atmen die winde farben
aus und licht schüttet
sich auf welkiges land
wo flüsse erblinden
und kein uhrwerk mehr
seine zeit verschlingt

bäume sammeln ihre
flügel ein und der
engelstod wurzelt in
meinen augen bis
die letzten schatten
verstummen hinter
den schlünden der
horizonte

feuer das die zeit verbrennt

in gedankenbäumen
lebe ich
das schreiblaub
an reiser geflochten
der wortdrosseln
heimstatt
die jede silbe
erspähen
und in den zauberwurzeln
des himmels verstecken
bevor sich das dunkel
legt über
das ungedachte

in mir loht ein feuer
das die zeit verbrennt
denn niemand weint um
meiner bücher asche
und bleibt die ödnis
der erinnerung
das kleine sterben
das in den zeilen keimt

jahre im aug

für meine frau rosen

die jahre im aug
die gefurchte zeit
aus herz und sinn
und die tage gezählt
die im lebenswasser
ihr ufer suchen
noch immer-

hier am see
in dem die himmel
zuhause sind
fürchten wir
die stürme nicht:
sie sind kinder
der wolken
die sie ausspüen
mit ihren farben
deren spiegel
wir sind für eine zeit

und ein leuchten
wird uns geschenkt
von weit her wo
das licht geboren wird
und psalmen schreibt
auf die stadt uns
zum schutz und hat
seinen namen
aus dir und mir

An Walter Flegel (17.11.1934 -14.06.2011)
„Bedenkt: den eigenen Tod, den stirbt man nur;
doch mit dem Tod der andern muss man leben."
(Mascha Kaléko).

als das weltall die zeit ersann

als das weltall die zeit
ersann und die erde
gebar die wir zerwohnten
um unserer maßlosigkeit
willen und verödeten mit
teer und steingewüst
was uns die wächter
weissagten-

als das licht sein versiegen
spürte die wasser verwelkten
und der himmel einstürzte
da hielt die zeit ihren atem
an für einen einzigen
malvenweg-

und hieß den dichter unter
der schlinge des vergessens
das leben aufschreiben und
die fülle und schönheit in
das allewige buch der
erinnerung -

und es wird ein leuchten
sein den entschlafenen
wie wilder mohn in den
ungezähmten feldern rügens

einmal ankommen

einmal ankommen
auf der anderen seite
des ichs
die zeitaugen richten
auf das unbekannte
wesen am ende
aller gedankenströme
die sich
dem erkennen entziehen
mit beharrlichkeit

einmal ankommen
im entwurf
des gegenlebens
und nicht mehr
weggehn

in der zeiten dünung

weg auf dem ich gehe:
ein bunt gefärbter pfad
auf verlandetem boden
in den sich mein leben
eingrub mit soviel
kreuzen und höhenflügen -
und aus gewurzelter tiefe
vergessenes aufsteigt
in bildern gewandet und
in mein erinnern gleitet
wie meeresleuchten in die
seelen der deiche -

hier im schwemmland
abgerungen den fluten
im jahrhundertstrom
gleitet mein blick über
die wellen der zeit
die meine wege säumen
lebenslang und mich
lehren geduldig zu sein
offenen augs und immer
auf den hügeln der dünung

rainbow: stationen   an carl werner

der zyklus „rainbow: stationen" ist eine frühe arbeit,
die aus einer urfassung des gedichtzyklus „rainbow"
des schriftstellers **carl werner** *eigenständig entstand.*

der gedichtzyklus „rainbow: stationen", der den arbeitstitel
„szenen eines regenbogens" trägt, ist eine hommage an den
dichter **carl werner,** *der seine wahre identität zeit seines*
lebens nicht preisgab.

station 1

an den wendezeichen zucken sie die achseln
kehren dem dichtbewachsenen ufer den rücken zu
kauen an den halmen der stranddistel

sie entladen die unruhigen kähne
setzen die kasten körbe gestelle
dem mahlen der grauen sandkörner aus

sie atmen den dunst von teer und holz
und schlagen den geruch in den teer das holz zurück
versiegeln die obdachlosen erinnerungen der planken

sie durchschneiden das borstige seil des kahns
betten den bug in die traumlosen staccatowellen
halten sich auf den wind zu

sie nehmen den regenbogen aus den regennetzen
zielen auf den riss zwischen wasser und luft
dort drüben

und der regenbogen spannt sich und birst
er verstreut blindlings und scheu seine saat
über die sterbenden fische

station 2

der wind malt den flug der wildgänse
in die zahmen luftspiegelungen zupft an den wellen
weiß und grau wie vögel jetzt fortziehen

und die blökenden nebelhörner rauchen
aus den milchigen träumen
verblasen den leuchtturm in den dünen

verschrecken den regenbogen

station 3

sie öffnen die blasse muschel mit der trauerperle
stecken die perle an den haken der schattenangel
werfen die rute in die tränenpfützen der kinder

sie starren auf den lahmen tanz des korkens
an der angel jagen nach dem roten fisch
saugen an den morgenröten

ein kleiner wind an traurigkeit spielt mit wolkensegeln
mit unkundigen schiffen der verzweiflung
mit flatternden fahnen der mutlosigkeit

mit dem lächeln des regenbogens wie kinder sind

station 4

mein salziger atem schraffiert den geduckten platz
auf dem ich stehe wartend auf den regenbogen
ich zähle die gevierte aus grauem stein
über den surrenden segeln dahinziehend zum hafen

ich fange mit meiner wünschelrute die rauchfäden
der schreienden krähen und zieh die fäden
auf den webstuhl des nachtwinds

ich wühle im schutt meiner träume
und finde das muster das fragezeichen
des reiherhalses, der meine silberfische verschluckt

der webstuhl summt über die dächer hinweg
und zieht über den platz lauter kleine schuppen
auf eine schnur eine schnurgerade schnur

und verfängt sich in den netzen des regenbogens

station 5

ich klebe den mond über die mole
breche den wolken die flügel
und streiche sie grau an
doch an den rändern schimmert ihr weisses blut

die kähne treiben hinter das fahrwasser des regenbogens
der accent grave der masten
schabt an der flüchtigen schlafstatt der fische

ich gleite hinüber zu den wasserschwätzigen kähnen
zu den sandkörnigen arkadischen winden
und den perlmuttmatten muscheln

in denen der regenbogen schlummert

station 6

ich verliere meinen atem
an die zerrenden segel des schlafs

ich schwimme gegen meine träume an
gegen die tiefen und leuchtenden farben

des regenbogens

Epilog I
sammle dich
vor den leeren himmeln
bleib unzerweht
rainbow.farbenbelagerter
dies und das mit dir gehn
über die lichtbrüchige biegung –
vergiss deinen flügelschlag nicht
rainbow.
nur eine einzige ungeduld lang
schwing dich mir zu.
auf deiner herzhöhe :
wo du mich streiftest
unhörbar flüchtig

Epilog II
den himmel ausmessen im fluge
damit er dich unmerklich rundbiegt
schmieg dich an seine wange
so entwachsen dir farben
unverlierbare schon -
bleib bei denen rainbow
die immerzu weggehn

198

dieses gedicht ist der meisterpianistin hélène grimaud gewidmet, die ihre freie zeit dem leben der wölfe widmet. ich konnte anlässlich eines konzerts im rahmen der festspiele mecklenburg-vorpommern mit ihr über ihren Einsatz für die rettung und den schutz der geächteten und verfolgten wölfe sprechen

wenn der himmel schreit
stirbt irgendwo ein wolf

der wölfe fährte
im nachtgehölz der
sinne fangenspiele
der finger auf pirsch
im zauberreich der
ungezähmten töne

honiggrau die augen
im wildlicht mond
die ihren fluchtpunkt
suchen im widerschein
der klänge

aus des flügels tasten-
wald erhebt sich
scheu die klage
der gejagten zur
wolfssonate